A FLORESTA DOS PIGMEUS

ISABEL ALLENDE

A FLORESTA DOS PIGMEUS

Tradução
MARIO PONTES

Rio de Janeiro | 2022

CIP-BRASIL. CATALOGAÇÃO NA PUBLICAÇÃO
SINDICATO NACIONAL DOS EDITORES DE LIVROS, RJ

A427f

Allende, Isabel, 1942-
   A floresta dos pigmeus / Isabel Allende ; tradução Mário pontes. - 2. ed. - Rio de Janeiro : Bertrand Brasil, 2022.

   Tradução de: El bosque de los pigmeos.
   ISBN 978-65-5838-085-6

   1. Ficção chilena. I. Pontes, Mário. II. Título.

22-77728

CDD: 868.99333
CDU: 82-3(83)

Gabriela Faray Ferreira Lopes - Bibliotecária - CRB-7/6643
12/05/2022 16/05/2022

Copyright © Isabel Allende, 2004
Título original: *El bosque de los pigmeos*

Projetos de capa e miolo: Renata Vidal

Texto revisado segundo o novo Acordo Ortográfico da Língua Portuguesa.

Todos os direitos reservados.
Não é permitida a reprodução total ou parcial desta obra, por quaisquer meios, sem a prévia autorização por escrito da Editora.

Direitos exclusivos de publicação em língua portuguesa somente para o Brasil adquiridos pela:
EDITORA BERTRAND BRASIL LTDA.
Rua Argentina, 171 — 3º andar — São Cristóvão — 20921-380 — Rio de Janeiro — RJ
Tel.: (21) 2585-2000,
que se reserva a propriedade literária desta tradução.

Seja um leitor preferencial. Cadastre-se no site www.record.com.br
e receba informações sobre nossos lançamentos e nossas promoções.

Atendimento e venda direta ao leitor:
sac@record.com.br

*Ao Irmão Fernando de la Fuente,
missionário na África, cujo espírito anima esta história.*

1
A ADIVINHA DO MERCADO

Michael Mushaha, o guia, deu uma ordem e a caravana de elefantes fez alto. Começava a baixar o calor sufocante do meio-dia, hora de repouso para os animais da vasta reserva natural. A vida aquietava-se durante algumas horas, a terra africana tornava-se um inferno de rochas ardentes e até as hienas e os abutres saíam à procura de sombra. Alexander Cold e Nádia Santos montavam um elefante, macho e caprichoso, cujo nome era Kobi. O animal caíra de amores por Nádia, que nos últimos dias se esforçara para aprender os fundamentos da língua dos elefantes, a fim de se comunicar com ele. Enquanto faziam longas caminhadas, ela contava a Kobi histórias de seu país, o Brasil, uma terra longínqua, na qual não havia criaturas do tamanho dele, exceto uns animais fabulosos que se ocultavam no impenetrável coração das montanhas do norte da Amazônia. Kobi gostava de Nádia tanto quanto detestava Alexander, e não perdia ocasião de demonstrar seus sentimentos ao dois.

As cinco toneladas de músculos e gordura de Kobi pararam diante de um pequeno oásis, embaixo de um conjunto de árvores cobertas de poeira e alimentadas por um charco de águas cor de café com leite. Uma vez que ao longo dos cinco dias do safári não conseguira a menor colaboração do animal, Alexander havia criado a conveniente arte de se lançar ao chão de uma altura de três metros, sem se machucar muito. Mas naquele momento não atentou para a posição em que Kobi tinha parado, e assim o pulo foi terminar dentro do charco, suas pernas mergulhadas na lama até os joelhos. Borobá, o macaquinho de Nádia, saltou em cima de Alexander. Ao tentar desprender-se do macaco, o garoto perdeu o equilíbrio e caiu sentado no charco. Maldisse entre dentes a situação, libertou-se de Borobá e ergueu-se com dificuldade, pois nada conseguia ver com as lentes de seus óculos cobertas de água suja. Para limpá-los, procurava uma parte seca de sua camiseta, mas então recebeu nas costas uma trombada que o fez cair de bruços na lama. Kobi esperou que ele se levantasse, deu meia-volta e, posicionando o enorme traseiro, soltou uma estrondosa ventosidade na cara do garoto. A brincadeira foi festejada pelo coro de gargalhadas dos outros membros da expedição.

Sem pressa de descer, Nádia preferiu esperar que Kobi fizesse algo para ajudá-la a alcançar a terra firme com dignidade. Pisou no joelho que ele lhe ofereceu, agarrou-se em seguida à tromba do animal, e assim chegou ao solo com a leveza de uma bailarina. O elefante não tinha tais delicadezas com ninguém mais, nem mesmo com Michael Mushaha, por quem sentia respeito, mas não afeto. Era um animal que distinguia as coisas com clareza. Uma era passear com turistas nas costas, trabalho como outro qualquer, pelo qual o remuneravam com boa comida e banhos de barro; outra, bem outra, era fazer truques de circo em troca de um punhado de amendoins. Não podia negar que gostava de amendoins, mas atormentar pessoas como Alexander lhe dava muito mais prazer. Por que não simpatizava com ele? Não sabia ao certo, era algo que sentia na pele. Irritava-se com o fato de o garoto estar sempre perto de Nádia. Havia treze elefantes na manada, por que vinha ele justamente para as costas do que levava a garota? Era uma falta de delicadeza se meter entre ele e Nádia. Não percebia que os dois necessitavam de privacidade para conversar? Uma boa trombada e de vez em quando um pouco de vento fétido era o mínimo que esse garoto merecia. Kobi soltou um longo sopro quando Nádia pisou em terra firme e lhe agradeceu com um beijo na tromba. A garota tinha bons modos, não costumava humilhá-lo com aquelas ofertas de amendoins.

— Esse elefante se apaixonou pela Nádia — brincou Kate Cold.

Borobá não gostava do rumo que as coisas haviam tomado na relação de Kobi com sua ama. Observava aquilo com muita preocupação. O interesse de Nádia pelo aprendizado do idioma dos paquidermes podia ter perigosas consequências para ele. Não estaria ela pensando em mudar de mascote? Talvez houvesse chegado a hora de se fingir de enfermo, a fim de recuperar por inteiro a atenção da menina; mas temia que ela o deixasse no acampamento, fazendo-o perder os fantásticos passeios pela reserva. Aquela era sua única oportunidade de ver os animais selvagens. Além disto, não convinha afastar os olhos de seu rival. Instalou-se, pois, no ombro de Nádia, deixando bem claro que estava no seu direito, e dali ameaçou o elefante com um punho cerrado.

— E esse macaco está enciumado — acrescentou Kate.

A velha escritora já se habituara às mudanças de humor de Borobá, pois havia quase dois anos dividia com ele o mesmo teto. Era como ter um homenzinho peludo em seu apartamento. Foi assim desde o início, pois Nádia só aceitara ir estudar em Nova York se pudesse levar Borobá. Nunca se separavam. Eram tão apegados que Nádia tivera de conseguir uma permissão especial para levá-lo à escola todos os dias. Borobá era o único macaco na história do sistema educacional da cidade a frequentar aulas regularmente. Kate não se surpreenderia se o bichinho soubesse ler. Tinha pesadelos, nos quais Borobá, sentado no sofá, óculos na cara e copo de conhaque na mão, lia a seção de economia de um jornal nova-iorquino.

Ela observava o estranho trio formado por Alexander, Nádia e Borobá. Ciumento de qualquer pessoa que se aproximasse de sua ama, no início o macaco aceitou Alexander como um mal inevitável e, com o passar do tempo, acabou por se afeiçoar ao garoto. Talvez houvesse percebido que, naquele caso, não convinha apresentar a Nádia o ultimato "ou ele ou eu", como costumava fazer. Como poderia saber qual dos dois ela escolheria? Kate pensou que nos últimos meses os dois jovens haviam mudado bastante. Nádia estava para completar quinze anos e seu neto, dezoito. Alex já havia adquirido o porte físico e a seriedade dos adultos.

Nádia e Alexander também tinham consciência das mudanças. Durante as forçadas separações, comunicavam-se com louca frequência por e-mail. Passavam horas e horas diante do computador, em um diálogo interminável, com o qual dividiam tanto os detalhes mais aborrecidos de suas rotinas quanto os tormentos filosóficos próprios da adolescência. Trocavam fotos regularmente, mas isto não os preparou para a surpresa que experimentaram quando se viriam frente a frente e comprovaram o muito que haviam crescido. Alexander estirara com a rapidez de um potro e já estava com a mesma altura do pai. Suas feições tinham se definido nos últimos meses, e agora se barbeava todos os dias. Nádia, por sua vez, não era mais a menina magrinha que enfeitava o cabelo com penas de papagaio e que ele havia conhecido, anos antes, em plena Amazônia; já era possível adivinhar como seria a mulher que dentro em breve sairia dela.

A avó e os dois jovens estavam no coração da África, tomando parte no primeiro safári em lombo de elefante de que se tinha notícia na história do turismo. A ideia nascera com Michael Mushaha, um naturalista africano formado em Londres, para quem aquela seria a melhor forma de se aproximar da fauna selvagem. Ao contrário dos que nasciam na Índia e em outros lugares do mundo, os elefantes africanos não se deixavam domesticar com facilidade; era necessário tratá-los com cuidado e paciência. Assim, Michael conseguira amansá-los. No folheto de propaganda do safári, explicava em poucas palavras: "Os elefantes são parte do ambiente e sua presença não afasta os outros animais; eles não necessitam de gasolina, nem de asfalto, não poluem o ar, nem chamam a atenção para si."

Quando Kate Cold foi escolhida para escrever um artigo a respeito desse novo tipo de turismo, Alexander e Nádia estavam com ela em Tunkhala, a capital do Reino do Dragão de Ouro. Tinham recebido um convite do rei Dil Bahadur e sua esposa, Pema, para conhecer seu primeiro filho e presenciar a cerimônia inaugural da nova estátua do Dragão. A original, destruída em uma explosão, fora substituída por outra idêntica, criada por um joalheiro amigo de Kate.

Pela primeira vez o povo daquele reino do Himalaia tinha oportunidade de ver o misterioso e lendário objeto, ao qual só o monarca tinha acesso até então. Dil Bahadur decidira expor a estátua de ouro e pedras preciosas em uma sala do palácio real, pela qual as pessoas desfilaram a fim de admirá-la e depositar ao pé dela suas oferendas de flores e incenso. Era um espetáculo magnífico. Fixado em um pedestal de madeira policromada, o dragão brilhava sob a luz de uma centena de lâmpadas. Quatro soldados, vestindo antigos uniformes de gala, com chapéus de pele e penachos de plumas, montavam guarda, armados com lanças decorativas. Dil Bahadur não permitiu que o povo fosse ofendido com a adoção de medidas de segurança.

Mal terminou a cerimônia de inauguração oficial da estátua, Kate Cold foi avisada de que havia uma chamada dos Estados Unidos. O sistema telefônico do país era antiquado e as comunicações internacionais uma complicação, mas, depois de muito gritar e repetir, o editor da revista *International Geographic* conseguiu que a escritora compreendesse a natureza de sua próxima tarefa. Devia partir imediatamente para a África.

— Terei de levar meu neto e sua amiga Nádia, que estão aqui comigo — explicou ela.

— A revista não pode pagar as despesas dos dois, Kate! — replicou o editor, falando de uma distância sideral.

— Então nada feito, não irei! — estrilou ela.

O fato é que alguns dias mais tarde Kate desembarcava na África com os dois garotos, e ali se reunia aos dois fotógrafos que sempre trabalhavam com ela, o inglês Timothy Bruce e o latino-americano Joel González. A escritora tinha prometido a si mesma não viajar novamente com Nádia e seu neto, que lhe haviam causado grandes sustos nas duas viagens anteriores, mas pensou que um passeio turístico pela África não representaria perigo nenhum.

Um empregado de Michael Mushaha recepcionou os membros da expedição no aeroporto da capital do Quênia. Deu-lhes as boas-vindas e os levou ao hotel para que descansassem, pois a viagem fora de arrasar: haviam tomado quatro aviões, cruzado três continentes e voado milhares de quilômetros. No dia seguinte, levantaram-se cedo e saíram para dar uma volta pela cidade, visitar um museu e andar pelo mercado, antes de embarcar no pequeno avião que os conduziria ao safári.

O mercado ficava em um bairro popular, cercado por uma vegetação luxuriante. As ruelas não pavimentadas estavam abarrotadas de gente e de veículos: motocicletas transportando três ou quatro pessoas, ônibus caindo aos pedaços, carrinhos puxados no braço. Ali se ofereciam os mais variados produtos da terra, do mar e da criatividade humana, de chifres de rinoceronte a peixes dourados do Nilo, passando por armas contrabandeadas. Os membros do grupo se separaram, depois de acertar que se encontrariam, uma hora mais tarde, numa esquina determinada. Era mais fácil dizer do que cumprir, pois com tamanho tumulto e confusão não havia muito como se situar. Temendo que Nádia se perdesse ou fosse atropelada, Alexander pegou sua mão e saíram juntos.

O mercado oferecia uma boa amostra da variedade de etnias e culturas da África: nômades do deserto; esbeltos cavaleiros em suas montarias enfeitadas; muçulmanos com turbantes elaborados e metade do rosto encoberta; mulheres de olhos ardentes com tatuagens azuis no rosto; pastores nus, corpos decorados com barro vermelho e branco. Centenas de crianças brincavam descalças entre matilhas de cães. As mulheres eram um espetáculo: umas usavam na cabeça lenços engomados que de longe pareciam velas de embarcações; outras andavam de cabeça raspada, usando colares de contas apertados que envolviam o pescoço dos ombros até o queixo; algumas se cobriam com metros e metros de tecido de cores brilhantes, enquanto outras transitavam quase nuas. O ar se enchia de ininterruptas conversas em vários idiomas, sons musicais, risos, buzinas, lamentos de animais que eram abatidos ali mesmo. O sangue escorria das mesas dos açougueiros e desaparecia na poeira do solo, enquanto negras aves de rapina voavam baixo, prontas para agarrar as vísceras.

Nádia e Alexander passeavam, maravilhados com aquela festa de cores. Detinham-se aqui e ali, a fim de regatear o preço de uma pulseira de contas de vidro, saborear um pastel de milho ou fazer uma foto com a câmera automática, mas não digital, que haviam comprado às pressas no aeroporto. De repente deram de cara com um avestruz, que, de patas atadas, esperava seu fim. Muito mais alto, forte e bravo do que imaginavam, o animal os observou de cima, com infinito desdém, e, sem avisar, dobrou o longo pescoço e dirigiu o bico para Borobá, que se equilibrava na cabeça de Alexander, firmemente agarrado às suas orelhas. O macaquinho conseguiu se desviar do golpe mortal e se pôs a guinchar como um louco. Batendo as asas curtas, o avestruz arremeteu contra eles, indo até onde a corda lhe permitia. Por acaso, Joel González apareceu naquele momento e pôde capturar com sua câmera a expressão de surpresa de Alexander e do mico, enquanto Nádia os defendia, estapeando o inesperado atacante.

— Esta foto aparecerá na capa da revista! — exclamou Joel.

Deixando para trás o soberbo avestruz, Nádia e Alexander dobraram uma esquina e se viram de repente na área do mercado reservada à feitiçaria. Havia feiticeiros dedicados à prática de magia natural e de magia sombria. Protegidos do sol por toldos apoiados em quatro varas, adivinhos, magos, curandeiros, envenenadores, exorcistas e sacerdotes de vodu ofereciam seus serviços. Pertenciam a centenas de tribos e praticavam os cultos mais diversos. Sem soltar as mãos, Nádia e Alexander percorriam as ruelas, detendo-se diante de pequenos animais conservados em frascos de álcool e répteis dissecados; amuletos contra mau-olhado e desgraças amorosas; ervas, loções e bálsamos medicinais para curar enfermidades do corpo e da alma; pós para sonhar, esquecer ou ressuscitar; animais vivos para serem sacrificados; colares de proteção contra a cobiça e a inveja;

tinta feita com sangue, para escrever cartas aos mortos; enfim, um imenso arsenal de objetos fantásticos destinados a mitigar o medo de viver.

Nádia tinha visto no Brasil cerimônias religiosas de origem africana e estava mais ou menos familiarizada com seus símbolos, mas para Alexander aquela área do mercado era um mundo fascinante. Detiveram-se diante de uma barraca diferente das outras — um telhado cônico de palha, do qual desciam cortinas de plástico. Alexander se inclinou para ver o que havia lá dentro, e duas mãos poderosas o agarram e puxaram para o interior da barraca.

Uma mulher enorme estava sentada embaixo da cobertura. Era uma verdadeira montanha de carne, coroada com um grande lenço turquesa que lhe encobria os cabelos. Vestia uma roupa amarela e azul, e tinha o peito coberto de contas multicoloridas. Apresentou-se como mensageira entre o mundo dos espíritos e os habitantes do mundo material, adivinha e sacerdotisa de um culto vodu. No chão havia um quadro com figuras em preto e branco; cercavam o quadro várias estatuetas de deuses ou demônios talhados na madeira, algumas cobertas de sangue fresco de animais sacrificados; outras tinham o corpo cheio de pregos, e junto delas havia oferendas de frutas, cereais, flores e dinheiro. A mulher fumava umas folhas negras enroladas como um charuto, e a fumaça espessa fez descerem lágrimas dos olhos dos dois visitantes. Alexander tratou de se libertar das mãos que o imobilizavam, mas a mulher o fitava com seus olhos saltados, ao mesmo tempo que soltava um rugido vindo das profundezas de suas entranhas. O garoto reconheceu a voz de seu animal totêmico, aquela que ouvia quando entrava em transe e emitia quando adotava sua forma.

— O jaguar negro! — exclamou Nádia.

A sacerdotisa obrigou o jovem americano a se sentar diante dela, tirou de dentro da blusa uma bolsa de couro muito gasta e esvaziou seu conteúdo sobre o quadro pintado. Eram conchas brancas, polidas pelo uso. Pôs-se a murmurar algo em seu idioma, sem abandonar o charuto, preso entre os dentes.

— *Anglais? English?* — perguntou Alexander.

— Você vem de outro lugar, de longe. O que quer de Ma Bangesé? — replicou ela, usando para se comunicar uma salada de palavras em inglês e muitas africanas.

Alexander deu de ombros e sorriu nervoso; olhava de viés para Nádia, tentando saber se ela era capaz de entender o que acontecia. Nádia tirou do bolso duas notas de dólar e as depositou em uma das cuias, onde se acumulavam as ofertas em dinheiro.

— Ma Bangesé pode ler seu coração — disse a mulherona, dirigindo-se a Alexander.

— E o que há no meu coração?

— Você procura remédio para curar uma certa mulher — disse ela.

— Minha mãe não está mais doente, seu câncer foi detido — murmurou Alex assustado, sem compreender como uma feiticeira, em um mercado da África, podia saber da saúde de Lisa.

— Seja como for, você teme por ela — disse Ma Bangesé, que agitou as conchas com uma das mãos e as fez rodar como se fossem dados. — Você não é dono da vida ou da morte dessa mulher.

— Ela viverá? — perguntou Alexander, ansioso.

— Se você regressar, viverá. Senão, morrerá de tristeza, mas não da doença.

— Mas é claro que voltarei para minha casa! — exclamou ele.

— Não tenha tanta certeza. Há muito perigo, mas você é valente. Terá de usar sua coragem, do contrário morrerá, e essa garota morrerá com você — disse a mulher, apontando Nádia.

— O que quer dizer com essas palavras? — perguntou Alexander.

— A gente pode fazer o mal e pode fazer o bem. Não há recompensa por fazer o bem, ganha-se apenas a satisfação da alma. Às vezes é necessário lutar. Você terá de decidir.

— E o que devo fazer?

— Ma Bangesé apenas vê o coração, não pode indicar o caminho. — Voltou-se para Nádia, que acabara de se sentar ao lado de Alexander, e pôs a ponta de um dedo na testa da garota, entre os olhos. — Você é maga, tem uma visão de pássaro. Você vê do alto e de uma grande distância. Você poderá ajudá-lo.

Fechou os olhos e pôs-se a balançar o corpo para a frente e para trás, enquanto o suor lhe escorria pelo rosto e pelo pescoço. O calor era insuportável. Os cheiros do mercado chegavam até eles: frutas podres, lixo, sangue, gasolina. Ma Bangesé emitiu um som gutural, que subiu de seu ventre, um longo e rouco lamento, que foi crescendo de tom, até estremecer o chão, como se brotasse do fundo da terra. Tontos e cobertos de suor, Nádia e Alexander temiam que as forças lhes faltassem. Pesado de fumaça, o ar do minúsculo recinto se tornara irrespirável. Cada vez mais aturdidos, trataram de escapar, mas não puderam se mover. Foram sacudidos por uma vibração de tambores, ouviram latidos de cães, suas bocas encheram-se de saliva amarga e, diante de seus olhos incrédulos, a avantajada mulher reduziu-se a coisa nenhuma, como um balão que se houvesse desinflado, e em seu lugar apareceu uma ave esplêndida, de penas amarelas e azuis e uma crista turquesa, uma ave-do-paraíso que deixou o arco-íris desprender-se de suas asas, envolveu-os no manto de cores e assim os ergueu até o céu.

Nádia e Alexander foram lançados ao espaço. Puderam ver a si mesmos como riscos de tinta negra, perdidos no interior de um caleidoscópio de cores brilhantes e formas ondulatórias que mudavam em uma velocidade assustadora. Transformaram-se em luzes de fogos de artifício, seus corpos se desfazendo em faíscas, perderam a noção da vida, do tempo e do medo. Em seguida, as fagulhas se reuniram num torvelinho elétrico e eles voltaram a se ver como dois pontos minúsculos que voavam por entre os desenhos do fantástico caleidoscópio. Agora eram dois astronautas e flutuavam no espaço. Não sentiam seus corpos, mas tinham uma vaga consciência do movimento e de estarem ligados um ao outro. Aferraram-se a essa ligação, pois ela era a única manifestação de sua humanidade; ao unirem as mãos, deixaram de se sentir inteiramente perdidos.

Verde. Estavam imersos em um verde absoluto. Começaram, então, a descer como flechas e, quando o choque parecia inevitável, o verde tornou-se difuso, e em vez de se estatelarem no chão, desceram flutuando como penas, fundiram-se com uma vegetação absurda, uma flora de flocos de algodão, de outro planeta, úmida e quente. Então se transformaram em medusas transparentes, diluídas no vapor que emanava daquele lugar. Nesse estado gelatinoso, sem ossos que lhes dessem formas, nem forças para se defender, nem voz para pedir auxílio, confrontaram-se com violentas imagens que se apresentaram em rápida sucessão diante de seus olhos, visões de morte, de sangue, de guerra e florestas arrasadas. Uma procissão de espectros acorrentados desfilou diante deles, arrastando os pés entre carcaças de grandes animais. Viram cestas enormes, repletas de mãos humanas, crianças e mulheres enjauladas.

De repente voltaram a ser eles mesmos, em seus corpos de sempre, e então, diante deles, com a espantosa nitidez dos piores pesadelos, surgiu um ogro ameaçador de três cabeças, um gigante com pele de crocodilo. As cabeças eram diferentes. A primeira tinha quatro chifres e era coberta por uma áspera juba de leão. A segunda era calva, não tinha olhos e deitava fogo pelas narinas. A terceira era um crânio de leopardo, com presas ensanguentadas e ardentes pupilas de demônio. As três tinham em comum as mandíbulas abertas e as línguas de lagarto. As enormes patas do monstro moviam-se pesadamente na direção dos dois, os olhos hipnóticos cravados neles, os três focinhos cuspindo uma baba peçonhenta. Nádia e Alexander conseguiram escapar várias vezes das ferozes patadas do monstro, mas não podiam fugir, porque seus pés estavam presos em um lamaçal de pesadelo. Depois de um tempo infinito se desviando do ogro, viram-se de repente com lanças nas mãos e, desesperados, começaram a se defender às cegas. Quando venciam uma das cabeças, eram atacados pelas outras e, quando conseguiam fazê-las recuar, a primeira voltava ao ataque. No combate, as lanças se partiram. Então, no instante final, prestes a serem devorados, reagiram com um esforço sobre-humano e se transformaram em seus animais totêmicos. Alexander, o Jaguar, e Nádia, a Águia. No entanto, diante daquele inimigo formidável, de nada serviam a força do primeiro nem as asas da segunda. Seus gritos foram abafados pelos urros do ogro.

— Nádia! Alexander!

A voz de Kate Cold os trouxe de volta ao mundo conhecido e os dois se viram sentados na mesma postura em que haviam iniciado a viagem alucinante, no mercado africano, sob o telhado de palha, diante daquela mulher descomunal, vestida de amarelo e azul.

— Ouvimos os gritos de vocês. Quem é essa mulher? O que aconteceu? — perguntou a avó.

— Nada, Kate, não aconteceu nada — Alexander conseguiu dizer, cambaleando.

Não soube descrever à avó aquilo que acabavam de experimentar. A voz profunda de Ma Bangesé parecia chegar da dimensão dos sonhos.

— Cuidado! — advertiu-lhes a adivinha.

— O que aconteceu? — insistiu a avó.

— Vimos um monstro de três cabeças. Era invencível — murmurou Nádia, ainda aturdida.

— Não se separem. Juntos podem se salvar, separados morrerão — disse Ma Bangesé.

Na manhã seguinte, o grupo da *International Geographic* pegou um pequeno avião até a vasta reserva natural, onde os esperavam Michael Mushaha e o safári em lombo de elefante. Nádia e Alexander ainda se achavam sob o impacto da experiência no mercado. Alexander concluiu que a fumaça aspirada na barraca da feiticeira continha alguma droga, mas isto não explicava o fato de ambos terem tido exatamente as mesmas visões.

Nádia não quis racionalizar o assunto. Para ela, a horrível viagem que fizeram era uma fonte de informação, uma forma de aprender, semelhante à que se aprende com os sonhos. As imagens permaneciam nítidas em sua memória; estava certa de que em algum momento teria de recorrer a elas.

O avião era pilotado pela sua proprietária, Angie Ninderera, mulher aventureira e movida por uma contagiante energia, que aproveitou o voo para dar mais duas voltas além do combinado, a fim de lhes mostrar a majestosa beleza da paisagem. Uma hora depois, aterrissavam em um descampado, a cerca de três quilômetros do acampamento de Mushaha.

As modernas instalações do safári decepcionaram Kate, que esperava algo mais rústico. Eficientes e amáveis, empregados africanos, de uniforme cáqui e walkie-talkie na mão, atendiam aos turistas e se ocupavam dos elefantes. As várias barracas do acampamento eram amplas como suítes de hotel, e duas leves construções de madeira abrigavam a cozinha e as áreas comunitárias. Mosquiteiros brancos pendiam sobre as camas; os móveis eram de bambu e os tapetes de peles de zebra e antílope.

Os banheiros contavam com latrinas modernas e engenhosos chuveiros com água quente. Dispunham de um gerador de eletricidade, que funcionava das sete às dez da noite; no resto do tempo, tinham de iluminar-se com velas e lamparinas a querosene. Preparada por cozinheiros profissionais, a comida era tão saborosa que até Alexander, por princípio disposto a rejeitar qualquer prato cujo nome não fosse capaz de pronunciar, dispôs-se a devorar o que havia na mesa. No conjunto, o acampamento era mais elegante do que a maioria dos lugares nos quais Kate dormira em sua vida de viajante e escritora. No seu entender, tal conforto tirava pontos do safári, que seria, por isso, criticado em seu artigo.

Um sino tocava às 5h45 da manhã, a fim de que os hóspedes aproveitassem as horas menos calorentas do dia. Mas, na verdade, eles eram despertados, antes, pelo som inconfundível das revoadas de morcegos, que regressavam aos seus abrigos com o primeiro raio de sol, depois de terem voado a noite inteira. O ar já estava impregnado pelo cheiro de café. Os visitantes abriam suas tendas e saíam, a fim de estirar os músculos, enquanto se elevava o incomparável sol da África, um grandioso círculo de fogo que parecia ocupar o horizonte inteiro. À luz da manhã a paisagem reverberava, e era como se a qualquer momento a Terra, envolta em uma bruma avermelhada, fosse se desmanchar, até desaparecer como uma espécie de miragem.

Logo o acampamento fervia de atividade, os cozinheiros chamavam os hóspedes para a mesa e Michael Mushaha ditava suas primeiras instruções. Terminado o desjejum, reunia os participantes do safári para lhes fazer uma breve conferência sobre os animais, os pássaros e a vegetação que veriam durante aquele dia. Timothy Bruce e Joel González preparavam suas câmeras e os empregados traziam os elefantes. Acompanhavam-nos um bebê-elefante de dois anos, que trotava alegre ao lado da mãe;

ele era o único a quem de vez em quando tinham de lembrar o caminho, pois se distraía soprando em mariposas e banhando-se em rios e poças.

Vista do lombo dos elefantes, a paisagem era soberba. Os grandes paquidermes se moviam sem fazer ruído, mimetizando a natureza. Avançavam com pesada calma, mas percorriam, sem esforço, muitos quilômetros em pouco tempo. Nenhum deles, à exceção do filhote, havia nascido em cativeiro; eram animais selvagens e, portanto, imprevisíveis. Michael Mushaha sempre lembrava aos visitantes que deviam se ater às normas, pois do contrário não poderia lhes dar garantias de segurança. A única pessoa do grupo a violar o regulamento era Nádia Santos, que já no primeiro dia estabeleceu uma relação tão especial com os elefantes que o diretor do safári preferiu fazer vista grossa ao seu comportamento.

Os viajantes passavam a manhã percorrendo a reserva. Entendiam-se por meio de gestos, sem falar para não serem detectados por outros animais. Mushaha abria a coluna, montado no macho mais idoso da manada. Depois dele iam Kate e os fotógrafos, nas costas de elefantas, uma das quais era a mãe do bebê. Em seguida, acomodados no lombo de Kobi, viajavam Nádia, Alexander e Borobá. Fechavam a fila dois empregados do safári, montados em machos jovens, levando as provisões, os toldos para a sesta e um pouco do equipamento fotográfico. Da bagagem fazia parte, ainda, um poderoso anestésico, para o caso de terem de imobilizar alguma fera agressiva.

Às vezes os paquidermes se detinham, a fim de comer folhas de árvores, sob as quais, momentos antes, descansava toda uma família de leões. Em outras ocasiões, passavam tão perto dos rinocerontes que Nádia e Alexander podiam se ver refletidos no olho redondo que se erguia a fim de avaliá-los com desconfiança. As manadas de búfalos e de impalas não se perturbavam com a chegada do grupo; talvez sentissem o cheiro dos seres humanos, mas também pareciam desorientadas ante a poderosa presença dos elefantes. Os viajantes puderam passear pelo meio de tímidas zebras, fotografar de perto a matilha de hienas que disputava a carcaça de um antílope e acariciar o pescoço de uma girafa, enquanto ela os observava com olhos de princesa e lhes lambia as mãos.

— Dentro de alguns anos não haverá animais selvagens na África. Eles só poderão ser vistos em parques e reservas — lamentou Michael Mushaha.

Ao meio-dia, sob as copas de grandes árvores, comiam o almoço trazido dentro de cestos e descansavam na sombra até as quatro ou cinco da tarde. Durante a sesta, os animais selvagens também se deitavam para descansar, e a extensa planície da reserva se imobilizava sob os raios ardentes do sol. Michael Mushaha conhecia o terreno, sabia calcular bem o tempo e as distâncias; quando o disco imenso do sol começava a se aproximar do poente, já estavam perto do acampamento e podiam ver a fumaça que subia da cozinha. Às vezes saíam novamente durante a noite, a fim de ver os animais que se dirigiam ao rio para beber água.

SAFÁRI EM ELEFANTE

Um bando de meia dúzia de mandris reunira-se para demolir as instalações do acampamento. As barracas estavam no chão; além de vidros de conserva, havia pacotes de farinha de trigo, tapioca, arroz e feijão espalhados por toda parte; os sacos de dormir, em tiras, pendiam dos galhos das árvores, cadeiras e mesas quebradas se amontoavam no pátio. Era como se um furacão tivesse varrido o acampamento. Encabeçados pelo mais agressivo de todos, os mandris haviam se apoderado de panelas e frigideiras, e as usavam como arma para espancar uns aos outros e atacar quem quer que ousasse se aproximar.

— O que terá acontecido com eles? — perguntou Michael Mushaha.

— Tenho medo de que estejam meio bêbados — disse um dos empregados.

Os macacos rondavam sempre o acampamento, prontos para se apoderar de tudo que seus focinhos pudessem cheirar. À noite, revolviam o lixo, e se ali não conseguissem alimentos em quantidade suficiente, tratavam de roubá-los. Não eram simpáticos, mostravam as presas e grunhiam, mas tinham respeito pelos humanos e se mantinham em prudente distância deles. O assalto fora inusitado.

Diante da impossibilidade de dominá-los, Mushaha ordenou que lhes dessem tiros de anestésico, mas não foi nada fácil acertar os alvos, pois eles corriam e saltavam como se estivessem possuídos por demônios. Finalmente, cada um deles recebeu sua injeção de tranquilizante e todos foram caindo por terra.

Alexander e Timothy Bruce ajudaram os empregados a levantá-los pelas pernas e levá-los para um local a duzentos metros do acampamento, onde roncariam sem ser molestados até que passasse o efeito da droga. Os corpos peludos e malcheirosos pesavam muito mais do que seu tamanho permitia supor. Alexander, Timothy e os empregados que haviam tocado nos macacos deviam tomar banho, lavar a roupa e pulverizar o corpo com inseticidas, a fim de se livrarem das pulgas.

Enquanto o pessoal do safári tentava pôr alguma ordem naquela confusão, Michael Mushaha averiguava e descobria, por fim, o que havia acontecido. Aproveitando-se do descuido dos empregados, um mandril se introduzira na tenda de Kate e Nádia, onde estava a reserva de garrafas de vodca da escritora. Os macacos sentiam de longe o cheiro de álcool, mesmo que as garrafas estivessem fechadas. O babuíno roubou uma garrafa, quebrou o gargalo e dividiu o conteúdo com os companheiros. No segundo trago já estavam embriagados e no terceiro se lançaram contra o acampamento como uma horda de piratas.

— Preciso de vodca para aliviar as dores nos ossos — disse Kate, pensando na necessidade de cuidar melhor das poucas garrafas que lhe haviam restado.

— Não serve aspirina? — sugeriu Mushaha.

— Não, isso é veneno! Só uso produtos naturais — respondeu a escritora.

Dominados os macacos e reorganizado o acampamento, alguém notou que havia sangue na camisa de Timothy Bruce. Com sua tradicional indiferença, o inglês admitiu que fora mordido.

— Parece que um desses rapazes não estava completamente adormecido — explicou o fotógrafo.

— Deixe-me ver — ordenou Mushaha.

Bruce ergueu a sobrancelha esquerda. Era o único gesto que passava pela sua impassível cara de cavalo e ele o usava para expressar qualquer uma das três emoções que era capaz de sentir: surpresa, dúvida e desagrado. Naquele caso, era a última que se manifestava. Não gostava de alvoroços, mas Mushaha insistiu e ele não teve alternativa senão arregaçar a manga da camisa. A mordida já não sangrava. Havia cascas secas nos pontos em que os dentes do animal tinham perfurado a pele, mas o antebraço estava inchado.

— Esses macacos transmitem doenças. Vou lhe aplicar um antibiótico, mas é melhor que consulte um médico — disse Mushaha.

A sobrancelha esquerda de Timothy subiu até a metade da testa: definitivamente, aquilo era alvoroço demais.

Michael Mushaha comunicou-se pelo rádio com Angie Ninderera e explicou a situação. A jovem aviadora respondeu que não poderia voar durante a noite, mas chegaria no dia seguinte bem cedo e levaria Bruce para a capital, Nairóbi. O diretor do safári não pôde evitar um sorriso: a mordida do mandril lhe dava a oportunidade de rever Angie, por quem sentia uma inconfessada atração.

Durante a noite, Bruce tremeu de febre, e Mushaha não tinha certeza se isto era reação ao ferimento ou consequência de um súbito ataque de malária. De qualquer modo, estava preocupado, pois o bem-estar dos turistas era responsabilidade sua.

Um grupo de nômades massais, que de vez em quando cruzava a reserva, havia chegado ao acampamento pelo meio da tarde, tangendo suas vacas de chifres enormes. Eram de grande estatura, esguios, belos e orgulhosos; enfeitavam a cabeça e o pescoço com elaborados colares de contas; vestiam-se com panos atados na cintura e andavam armados de lanças. Consideravam-se o povo escolhido de Deus: a terra e o que havia nela lhes pertencia pela graça divina. Isto lhes dava o direito de se apropriar do gado alheio, costume muito mal recebido pelas outras tribos. Sem gado para cuidar, Mushaha não temia os roubos dos massais. O acordo com eles era taxativo: seriam considerados hóspedes quando passassem pela reserva, mas não poderiam tocar em um pelo dos animais selvagens.

Como sempre, Mushaha ofereceu-lhes comida e os convidou a permanecer no acampamento. Embora não gostasse da companhia de estrangeiros, a tribo aceitou, porque uma de suas crianças se achava doente. Esperavam uma curandeira que estava a caminho. A mulher, famosa na região, era capaz de percorrer enormes distâncias, a fim de sarar os enfermos com o poder das ervas e a força da fé. Os nômades não dispunham de meios modernos para se comunicar a distância, mas de algum modo souberam que ela chegaria naquela noite, e por isso resolveram ficar nos domínios de Mushaha. E de fato, ao cair da noite, ouviram o tilintar distante dos guizos e amuletos da curandeira.

Uma figura esquelética, descalça e malvestida emergiu da poeira vermelha da trilha. Usava apenas um trapo como saia, e sua bagagem era formada por algumas cuias, cabaças, bolsas contendo amuletos, poções e dois cajados mágicos, coroados com penas de aves. No alto da cabeça, o cabelo, jamais cortado, acomodava-se em grandes rodilhas cobertas de poeira vermelha. Parecia muito idosa, a pele pregueava-se em cima dos ossos, mas caminhava com a coluna reta e suas pernas e braços continuavam fortes. A cura do enfermo ocorreu no pátio, a poucos metros do acampamento.

— A curandeira diz que o espírito de um antepassado ofendido entrou no menino — anunciou Michael Mushaha. — Ela terá de identificá-lo e mandá-lo de volta ao outro mundo.

Joel González riu. Divertia-lhe a constatação de que algo do gênero ainda acontecesse em pleno século XXI.

— Não zombe, rapaz — disse Mushaha. — Em oitenta por cento dos casos o doente melhora.

Acrescentou que em certa ocasião vira duas pessoas debatendo-se no chão, mordendo a terra, deitando espuma pela boca, guinchando e latindo. Segundo seus familiares, estavam possuídas por hienas. E foram curadas justamente por aquela mulher.

— A doença que acaba de descrever se chama histeria — disse Joel.

— Pode dar o nome que quiser, mas o fato é que no fim do ritual as duas estavam saradas. Raramente a medicina ocidental consegue o mesmo com suas drogas e seus choques elétricos — respondeu Mushaha com um sorriso.

— Ora, Michael, você é um cientista formado em Londres. Não me diga que...

— Antes de tudo, sou africano — interrompeu o naturalista. — Na África, os médicos já compreenderam que, em vez de ridicularizar os curandeiros, é melhor trabalhar com eles.

Às vezes, a magia apresenta resultados melhores do que os métodos trazidos do estrangeiro. As pessoas acreditam, por isso ela funciona. A sugestão faz milagres. Não despreze nossos feiticeiros.

Kate Cold resolveu tomar notas sobre o ritual, e Joel González, envergonhado de seu sarcasmo, preparou a câmera.

Desnudaram o menino e o deitaram em um cobertor estendido no chão, cercado pelos membros de sua numerosa família. A anciã pôs-se a bater com seus cajados mágicos, a fazer barulho com suas cabaças, enquanto dançava em círculos e entoava um cântico que logo foi seguido em coro pela tribo. Algum tempo depois, o menino entrou em transe. Seu corpo se sacudia, os olhos revirados se voltavam para o alto. O corpo então enrijeceu e arqueou-se, até ficar apoiado apenas na cabeça e nos calcanhares.

Como uma corrente elétrica, a energia do ritual se apossou de Nádia, que, sem pensar, impulsionada por uma emoção desconhecida, foi se juntar ao coro e participar da dança frenética dos nômades. O ritual durou várias horas, durante as quais a velha feiticeira absorveu o espírito maligno que se apoderara do menino e o incorporou a si mesma, como explicou Mushaha. Por fim, o pequeno paciente perdeu a rigidez e começou a chorar, o que foi interpretado como um sinal de cura. Sua mãe o tomou nos braços, pondo-se a balançá-lo e beijá-lo, para a alegria de todos os outros membros da tribo.

Cerca de vinte minutos depois, a curandeira saiu do transe e anunciou que o paciente estava livre do mal, e naquela mesma noite poderia se alimentar normalmente. Em troca, os pais deveriam jejuar três dias seguidos, a fim de se reconciliarem com o espírito expulso do corpo do filho. Como único alimento e recompensa, a velha aceitou uma cuia de leite azedo e sangue fresco, que os massais obtiveram mediante pequenos cortes no pescoço de algumas vacas. Em seguida, ela se afastou do pátio, a fim de descansar, antes de realizar a segunda parte do trabalho: livrar-se do espírito que agora estava dentro dela e mandá-lo para o Além, que era seu lugar. Gratos, os membros da tribo se afastaram do acampamento para passar a noite.

— Se esse modo de curar é tão efetivo, poderíamos pedir àquela boa senhora que o aplique a Timothy — sugeriu Alexander.

— Sem fé, não funciona — respondeu Mushaha. — Além do mais, a curandeira está exausta, tem de repor suas energias antes de tratar de um novo paciente.

Assim, o fotógrafo inglês continuou pelo resto da noite a arder de febre em cima da maca, enquanto, à luz das estrelas, o menino africano devorava sua primeira refeição da semana.

Angie Ninderera chegou cedinho ao acampamento, tal como havia prometido a Mushaha em sua conversa pelo rádio. Viram seu avião no ar e foram em um Land Rover apanhá-la no local onde sempre aterrissava. Joel González queria acompanhar seu amigo Timothy ao hospital, mas Kate o lembrou de que devia fazer algumas fotografias para ilustrar o artigo da revista.

Enquanto abasteciam o tanque de combustível do avião e preparavam o doente e sua bagagem, Angie sentou-se embaixo de um toldo: precisava saborear uma xícara de café e descansar. Era uma africana saudável, alta, forte, risonha e de idade indefinida: tanto podia ter vinte e cinco quanto quarenta anos. Seu riso fácil e o frescor de sua beleza cativavam no primeiro instante. Contou que havia nascido em Botsuana e aprendido a pilotar aviões em Cuba, onde estivera graças a uma bolsa de estudos. Pouco antes de morrer, seu pai vendera a fazenda e o gado que possuía, com o objetivo de lhe dar um dote, mas, em vez de usar o dinheiro para conseguir um marido respeitável, como o pai desejava, ela o usara para comprar seu primeiro avião.

Angie era um pássaro livre, não se aninhava em lugar nenhum. Seu trabalho a levava de um lado para outro: um dia transportava caixas de vacinas para o Zaire, no outro levava atores e técnicos que se preparavam para fazer um filme de aventura nas planícies do Serengueti, ou um grupo de audazes alpinistas ao sopé do legendário Monte Kilimanjaro. Gabava-se de possuir a força de um búfalo, e para provar, apostava queda de braço com qualquer homem que se atrevesse a aceitar o desafio. Nascera com uma mancha em forma de estrela nas costas, segundo ela própria sinal de boa sorte. Graças àquela estrela, tinha sobrevivido a inúmeras aventuras. Certa vez, estivera a ponto de ser apedrejada e morta por uma turba no Sudão; em outra ocasião, andou cinco dias perdida no deserto da Etiópia, sozinha, descalça, sem comida e com apenas uma garrafa de água. Mas nenhuma de suas aventuras se comparava ao salto de paraquedas que terminou nas águas de um rio infestado de crocodilos.

— Isso aconteceu antes de eu ter comprado este Cessna Caravan, que jamais falha — apressou-se em esclarecer, depois de ter relatado a história do salto aos seus clientes da *International Geographic*.

— E como escapou com vida? — perguntou Alexander.

— Os crocodilos se entretiveram mascando o tecido e as cordas do paraquedas. Isso me deu tempo para nadar até a margem e sair correndo do lugar. Daquela vez escapei, mas cedo ou tarde vou morrer devorada por crocodilos. Esse é o meu destino.

— Como sabe? — perguntou Nádia.

— Sei, porque isso me foi dito por uma adivinha capaz de ver o futuro. Ma Bangesé tem fama de jamais se equivocar — respondeu Angie.

— Ma Bangesé? — interrompeu Alexander. — A senhora gorda, dona de uma barraca no mercado?

— Ela mesma. Mas não é gorda, é apenas robusta — esclareceu Angie, que era sensível ao assunto peso.

Nádia e Alexander se entreolharam, surpresos com aquela estranha coincidência.

Apesar de volumosa e um tanto brusca no trato, Angie era muito vaidosa. Vestia-se com túnicas floreadas, enfeitava-se com pesadas joias étnicas adquiridas em feiras de artesanato e costumava pintar os lábios com um batom do mais chamativo cor-de-rosa. Dividia o cabelo em dezenas de tranças, cuidadosamente salpicadas de contas coloridas. Dizia que seu trabalho era fatal para a beleza das mãos, mas não permitia que as suas se parecessem com as de um mecânico. Suas unhas estavam sempre pintadas, e ela protegia a pele com gordura de tartaruga, que considerava milagrosa. O fato de as tartarugas serem enrugadas não diminuía sua confiança no produto.

— Conheço vários homens apaixonados pela Angie — afirmou Mushaha, abstendo-se, porém, de revelar que era um deles.

Angie desviou o olhar para ele e, por sua vez, afirmou que nunca se casaria, pois tinha o coração partido. Apaixonara-se apenas uma vez na vida: por um guerreiro massai, que tinha cinco mulheres e dezenove filhos.

— Tinha ossos longos e olhos cor de âmbar — disse Angie.

— E aconteceu o quê? — perguntaram Nádia e Alexander ao mesmo tempo.

— Ele não quis se casar comigo — replicou ela com um suspiro meio trágico.

— Que sujeito mais tolo! — comentou Michael Mushaha, rindo.

— Eu tinha dez anos e quinze quilos mais do que ele — esclareceu Angie.

Ela terminou seu café e se preparou para partir. Os amigos despediram-se de Timothy Bruce, que de tão debilitado pela febre da noite anterior não tivera força nem sequer para levantar a sobrancelha esquerda.

Os últimos dias do safári foram rapidamente consumidos pelo prazer das excursões em lombo de elefante. Reencontraram a pequena tribo de nômades e constataram que o menino estava curado. Ao mesmo tempo, foram informados pelo rádio de que Timothy Bruce continuava no hospital, vítima de uma combinação de malária e infecção resistente a antibióticos provocada pela mordida do mandril.

Angie Ninderera veio buscá-los no terceiro dia. Como era tarde, resolveu dormir no acampamento e adiar a volta para as primeiras horas da manhã seguinte. Desde o primeiro momento a aviadora fez amizade com Kate Cold; as duas eram boas bebedoras — Angie de cerveja e Kate de vodca — e cada uma possuía um bem nutrido arquivo de histórias capazes de provocar calafrios na assistência. Naquela noite, diante do grupo sentado ao redor da fogueira, deliciando-se com o assado de antílope e outros pratos preparados pelos cozinheiros, Angie e Kate competiam entre si, no esforço para deslumbrar o auditório com suas aventuras. Até Borobá escutava com interesse as histórias das duas. O macaquinho dividia suas atenções entre os humanos, aos quais estava habituado, Kobi, que vigiava, e os três chimpanzés pigmeus adotados por Michael Mushaha, com quem brincava.

— Eles são uns vinte por cento menores e muito mais pacíficos do que os chimpanzés normais — explicou Mushaha. — Entre eles são as fêmeas que mandam. Isto significa que têm uma qualidade de vida melhor, que há menos competição e mais colaboração. Na comunidade deles, come-se bem, dorme-se bem, as crias são protegidas e o grupo vive em festa. Ao contrário de outros macacos, cujos machos formam gangues e não param de brigar.

— Quem dera os humanos fossem assim! — suspirou Kate.

— Esses bichinhos são muito parecidos conosco — disse Michael Mushaha. — Compartilhamos grande parte de nosso material genético, e o crânio deles é bem semelhante ao nosso. Com certeza, temos um antepassado comum.

— Então podemos ter esperança de evoluir como eles — acrescentou a escritora.

Angie fumava charutos, que, segundo ela, eram seu único luxo. E se orgulhava do fato de seu avião estar impregnado do cheiro de tabaco. "Quem não gostar do cheiro dos meus charutos pode ir embora", costumava dizer aos clientes que se queixavam. Na qualidade de fumante arrependida, Kate Cold seguia com olhos ávidos os movimentos da mão de sua nova amiga. Fazia mais de um ano que deixara de fumar, mas a gana pelo cigarro ainda não havia desaparecido; e, ao observar o ir e vir do charuto de Angie, sentia vontade de chorar. Tirou do bolso o cachimbo vazio, que sempre levava consigo para momentos desesperados como aquele, e se pôs a mastigá-lo com tristeza.

Kate era obrigada a admitir a cura da tosse de tuberculosa que antes não a deixava respirar. Atribuía a melhora ao chá com vodca e a uns pós que havia recebido de Walimai, xamã da Amazônia e amigo de Nádia. Já seu neto Alexander creditava o milagre a um amuleto de excremento de dragão, que lhe fora presenteado por Dil Bahadur, monarca do Reino Proibido; estava convencido de seus poderes mágicos. Kate não sabia o que pensar de seu neto, antes muito racional e agora propenso à fantasia. Mudara ao tornar-se amigo de Nádia. Tamanha era a confiança de Alex no fóssil, que chegara a triturar uns gramas dele até transformá-los em pó; feito isto, dissolvera o pó em aguardente de arroz e obrigara a mãe a engolir a beberagem como remédio para o câncer. Lisa tivera ainda de levar, durante meses, o restante do fóssil pendente do pescoço; agora o amuleto estava com Alexander, que não se separava dele nem para tomar banho.

— Isso pode colar ossos quebrados e curar várias doenças, Kate. E também serve para desviar flechas, facas e balas — assegurou-lhe o neto.

— No seu lugar, eu não submeteria esse amuleto a tais provas — respondeu a avó secamente, mas o fato é que, mesmo sem gostar, já permitira que ele lhe esfregasse o peito e as costas com o excremento do dragão, enquanto dizia para si mesma que ambos haviam perdido o juízo.

Naquela noite, sentados ao redor da fogueira do acampamento, Kate Cold e os outros lamentavam ter de se despedir de seus novos amigos e daquele paraíso, no qual haviam passado uma semana inesquecível.

— Temos uma boa razão para ir embora: quero ver Timothy — disse Joel González, a fim de se consolar.

— Partiremos de manhã, por volta das nove — lembrou Angie, que deixou descer pela goela meia garrafa de cerveja e em seguida tragou seu charuto.

— Você parece cansada, Angie — disse Mushaha.

— Os últimos dias foram duros — respondeu ela. — Tive de levar alimentos para o outro lado da fronteira, onde as pessoas estão desesperadas. É horrível ver a fome cara a cara.

— Aquela tribo vem de uma linhagem muito nobre — esclareceu Mushaha. — Antes, seus membros viviam dignamente da pesca, da caça e das plantas que cultivavam. Mas foram reduzidos à miséria pela colonização, as guerras e as doenças. Agora vivem da caridade. Se não recebessem de vez em quando esses pacotes de comida, todos já teriam morrido. A metade dos habitantes da África sobrevive hoje abaixo do nível mínimo da subsistência.

— O que quer dizer com isso? — perguntou Nádia.

— Que não têm o suficiente para viver.

Com essa afirmação, o guia deu por terminada a sobremesa. Passava da meia-noite. Estava na hora de voltarem para as barracas. Pouco depois a paz reinava no acampamento.

Durante a noite só um dos empregados permaneceu de olhos abertos. Sua tarefa era vigiar e alimentar as fogueiras, mas depois de algum tempo foi vencido pelo sono. Enquanto no acampamento as pessoas descansavam, ao redor dele a vida fervia. Sob o céu estrelado e grandioso, centenas de espécies de animais saíam em busca de alimento e água. A noite africana era um verdadeiro concerto das mais variadas vozes: o bramido ocasional dos elefantes, os latidos distantes das hienas, os guinchos dos mandris assustados pela proximidade de algum leopardo, o coaxar dos sapos, o canto das cigarras.

Pouco antes do amanhecer, Kate acordou sobressaltada, pois lhe parecia ter ouvido um ruído muito próximo. "Devo ter sonhado", murmurou, dando meia-volta em sua cama. Procurou calcular quanto tempo havia dormido. Seus ossos estalavam, os músculos doíam, sentia cãibras. Pesavam-lhe os sessenta e sete anos bem vividos; tinha o esqueleto gasto por tantas excursões. "Estou muito velha para um estilo de vida como este", pensou a escritora, mas em seguida engoliu seus pensamentos, convencida de que não valia a pena viver de qualquer outra maneira. Sofria mais pela imobilidade da noite do que pela fadiga do dia. As horas dentro da tenda passavam com uma lentidão opressiva.

Nesse justo momento voltou a ouvir o ruído que a havia despertado. Não conseguiu identificá-lo, mas parecia produzido por alguma coisa que arranhava ou raspava.

Dissiparam-se as últimas brumas do sono e Kate se ergueu da cama com a garganta seca e o coração agitado. Não tinha dúvida: havia alguma coisa muito perto dela, separada apenas pelo véu do mosquiteiro e o tecido da barraca. Com o maior cuidado, a fim de não provocar nenhum ruído, tateou na escuridão à procura da lanterna, que sempre deixava perto da cama. Quando a pegou, percebeu que o medo a fazia suar, e as mãos úmidas não lhe permitiram acionar a lanterna. Ia tentar novamente, quando ouviu a voz de Nádia, com quem dividia a tenda:

— Psiu, Kate, não acenda a lanterna — sussurrou a jovem.
— O que é?
— Leões — respondeu Nádia. — Não os assuste.

A lanterna caiu da mão da escritora. Ela sentiu os ossos moles como pudim, e um grito visceral ficou atravessado em sua boca. Com um simples arranhão, uma daquelas feras rasgaria o fino tecido de náilon e no instante seguinte pularia em cima delas. Não seria a primeira vez que um turista morreria daquela maneira em um safári. Durante as excursões, tinha visto leões tão de perto que chegara a contar-lhes os dentes; não gostaria de senti-los em sua própria carne. Passou fugaz por sua mente a imagem dos primeiros cristãos no Coliseu romano, condenados a morrer devorados por leões famintos. O suor escorria no seu rosto, enquanto procurava, com as mãos enredadas na fina rede do mosquiteiro, reencontrar a lanterna caída no chão. Ouviu um ronronar de felino grande, e novamente o som de suas unhas arranhando.

Desta vez a tenda estremeceu como se o galho de uma árvore houvesse caído sobre ela. Apavorada, Kate percebeu que Nádia também emitia um ruído de gato. Por fim encontrou a lanterna, e seus dedos úmidos conseguiram acendê-la. Viu então a jovem companheira de cócoras, com o rosto muito próximo do tecido da tenda, empenhada em uma troca de ronronares com a fera que se encontrava do outro lado. O grito preso na boca de Kate se libertou, e seu tom de terror apanhou Nádia de surpresa, fazendo-a se desequilibrar e cair. Kate a segurou com um braço e começou a erguê-la. Novos gritos, acompanhados agora por pavorosos rugidos de leões, romperam a quietude do acampamento.

Em poucos segundos, empregados e visitantes tinham saído de suas barracas, apesar das precisas instruções de Michael Mushaha, que lhes havia advertido mil vezes para os perigos de deixar as tendas na escuridão da noite. Kate conseguiu por fim arrastar Nádia para a saída, enquanto a garota se debatia, tentando se libertar. Na confusão, metade da tenda desabou, e um dos mosquiteiros caiu em cima das duas, enovelando-as; pareciam duas larvas lutando para sair do casulo. Alexander, o primeiro a chegar, correu para elas e tratou de soltá-las do mosquiteiro. Uma vez livre, Nádia o empurrou, furiosa por terem interrompido de maneira tão brusca sua conversa com os leões.

Nesse momento, Michael Mushaha se pôs a atirar para o alto, e logo os rugidos das feras se distanciaram. Os empregados acenderam alguns faróis, empunharam suas armas e partiram para explorar os arredores. Àquela altura os elefantes estavam agitados e seus tratadores procuravam acalmá-los, antes que saíssem em disparada dos currais e arremetessem contra o acampamento. Frenéticos com o cheiro dos leões, os três chimpanzés pigmeus emitiam guinchos e se penduravam em qualquer criatura que passasse por perto. Borobá se encarapitara na cabeça de Alexander, que o puxava pela cauda, numa vã tentativa de se livrar dele. Naquela confusão, ninguém compreendia o que havia acontecido.

Joel González saiu de sua tenda, gritando apavorado:

— Cobras! Uma cobra!

— Leões! — corrigiu Kate.

Joel parou bruscamente, desorientado.

— Não são cobras? — perguntou.

— Não! São leões! — repetiu Kate.

— E foi por isso que me acordaram? — resmungou o fotógrafo.

— Pelo amor de Deus, homem, cubra suas partes! — zombou Angie, que apareceu de pijama.

Só então Joel González percebeu que estava inteiramente nu. Voltou para a tenda, cobrindo-se com as mãos.

Michael Mushaha regressou pouco depois, com a notícia de que havia rastros de vários leões nos arredores e que a tenda de Kate e Nádia estava rasgada.

— Esta foi a primeira vez que aconteceu algo parecido no acampamento. Esses animais nunca nos haviam atacado — disse Mushaha, preocupado.

— Eles não nos atacaram! — interrompeu Nádia.

— Ah! Então foi uma visita de cortesia! — disse Kate, indignada.

— Sim! Eles vieram nos saudar! Se você, Kate, não tivesse começado a gritar, ele e eu ainda estaríamos conversando!

Nádia fez meia-volta e se refugiou na tenda, na qual teve de entrar de gatinhas, porque de pé restavam apenas os suportes.

— Não liguem para ela, é coisa de adolescente. Passa logo, todo mundo se cura desse mal — disse Joel González, que acabava de reaparecer, agora envolto em uma toalha.

Todos davam palpites e ninguém voltou a dormir. Atiçaram as fogueiras e mantiveram acesos os faróis. Borobá e os três chimpanzés pigmeus, ainda mortos de medo, instalaram-se o mais longe possível da tenda de Nádia, impregnada do cheiro das feras. Pouco depois, ouviram-se os ruídos das asas dos morcegos anunciando a manhã. Então os cozinheiros se puseram a coar o café e a preparar os ovos com bacon para o desjejum.

— Nunca vi você tão nervosa. Está amolecendo com a idade, vovó — disse Alexander, passando para Kate a primeira xícara de café.

— Não me chame de vovó, Alexander.

— E você não me chame de Alexander. Meu nome é Jaguar. Pelo menos para os amigos e os membros da família.

— Ora, me deixe em paz, seu pirralho! — replicou ela, queimando os lábios com o primeiro gole do café que ainda fumegava.

O MISSIONÁRIO

Os empregados do safári levaram a bagagem nos Land Rovers e acompanharam os forasteiros até o avião de Angie, aterrissado em uma área aberta, a poucos quilômetros do acampamento. Para os visitantes, aquele era seu último passeio nas costas dos elefantes. O orgulhoso Kobi, que Nádia montara durante toda aquela semana, pressentia a separação e parecia tão triste quanto o grupo da *International Geographic*. Triste também andava Borobá, pois deixava para trás os três chimpanzés, dos quais se tornara muito amigo; pela primeira vez em sua vida, devia admitir que existiam macacos quase tão expeditos quanto ele.

O Cessna Caravan não escondia os anos de uso e os muitos quilômetros de voo. Na lateral, um letreiro anunciava seu nome arrogante: *Superfalcão*. Angie o havia pintado com cabeça, olhos, bico e garras de ave de rapina, mas com o tempo a pintura descascara, e agora, à luz reverberante da manhã, o avião parecia mais uma galinha pateticamente depenada. Os viajantes estremeceram ante a ideia de usá-lo como meio de transporte;

menos Nádia, pois, comparado com o velho e bolorento aviãozinho no qual seu pai voava sobre a Amazônia, o *Superfalcão* parecia uma aeronave magnífica.

O mesmo bando de mal-educados mandris que havia bebido a vodca de Kate tinha ido se instalar sobre as asas do aparelho. Entretinham-se a catar piolhos uns dos outros com grande atenção, como costumam fazer os seres humanos. Em vários lugares do mundo, Kate observara aquele carinhoso ritual de catação de piolhos, que unia as famílias e criava laços entre amigos. Às vezes, meninos punham-se atrás uns dos outros, o menor na frente, o maior no fim da fila, para catarem mutuamente os parasitas. Sorriu ao pensar que nos Estados Unidos a simples menção à palavra "piolho" produzia calafrios de horror. Angie começou a atirar pedras e gritar impropérios contra os babuínos, mas eles respondiam com olímpico desprezo, e só se mexeram quando estavam a ponto de serem atacados pelos elefantes.

Michael Mushaha entregou a Angie uma ampola de anestésico para animais.

— É a única que me resta. Você pode me trazer uma caixa em sua próxima viagem?

— Claro que sim.

— Leve esta de amostra, pois há várias marcas diferentes e você poderia se confundir. É desta que necessito.

— Está bem — disse Angie, guardando a ampola na farmácia de emergência do avião, onde estaria segura.

Tinham acabado de pôr as bagagens no avião quando, do meio dos arbustos, surgiu um homem que até então ninguém tinha visto. Usava calça de vaqueiro, botas de canos altos gastas e vestia uma imunda camisa de algodão. Sobre a cabeça levava um chapéu de tecido, e nas costas uma pesada mochila, da qual pendiam um facão e uma panela negra de fuligem. Era de baixa estatura, magro, anguloso e calvo; usava óculos de lentes muito espessas, tinha o rosto pálido e as sobrancelhas ralas e escuras.

— Bom dia, senhores — disse em espanhol, e em seguida traduziu a saudação para o inglês e o francês. — Sou o irmão Fernando, missionário católico — apresentou-se, apertando a mão de Michael Mushaha e em seguida a dos outros.

— Como chegou até aqui? — perguntou Mushaha.

— Com a ajuda de alguns caminhoneiros e andando boa parte do caminho.

— A pé? Desde onde? Não há aldeia nenhuma em muitos quilômetros ao redor deste acampamento!

— Os caminhos são longos, mas todos levam a Deus — disse o recém-chegado.

Explicou que era espanhol, nascido na Galícia, mas não visitava sua pátria havia muitos anos. Assim que saíra do seminário, fora mandado para a África, onde exercia seu ministério havia mais de trinta anos, ora neste, ora naquele país. Seu último destino tinha sido uma aldeia de Ruanda, onde trabalhara em companhia de três monjas e vários outros irmãos em uma pequena missão. Era uma região isolada pela guerra mais cruel já travada no continente; inumeráveis refugiados vagavam de um lado para o outro, tentando escapar da violência, que sempre acabava por alcançá-los. A terra estava coberta de cinzas e sangue, fazia anos que nada se plantava, os que escapavam das facas e balas caíam vítimas da fome e das doenças. Pelos caminhos infernais da região, vagavam órfãos e viúvas famélicos, muitos deles feridos ou mutilados.

— Por aquelas bandas a morte faz a festa — disse o missionário, concluindo sua descrição.

— Eu também vi aquilo — declarou Angie. — Mais de um milhão de pessoas já morreu, mas a matança continua. E o resto do mundo pouco se importa.

— Foi aqui na África que a vida humana começou — acrescentou o missionário, em tom de pregação. — Todos descendemos de Adão e Eva, que, segundo alguns cientistas, eram africanos. Este continente é o paraíso terrestre mencionado na Bíblia. Deus quis que esta terra fosse um jardim no qual suas criaturas vivessem na paz e na abundância. Mas, como veem, tudo mudou por causa do ódio e da estupidez humana.

— O senhor saiu de lá para escapar da guerra? — perguntou Kate.

— Quando os rebeldes queimaram a escola, meus irmãos e eu recebemos ordem para abandonar a missão. Mas eu não sou mais um refugiado. Na verdade, tenho uma tarefa pela frente: devo encontrar dois missionários desaparecidos.

— Em Ruanda? — quis saber Mushaha.

— Não. Eles estão em uma aldeia chamada Ngoubé. Olhem aqui.

O espanhol tirou um mapa da mochila e o abriu no chão, a fim de assinalar o ponto onde seus companheiros haviam desaparecido. Os outros se agruparam ao redor.

— Esta é a zona mais inacessível, mais quente e mais inóspita da África equatorial — explicou o missionário. — Ali a civilização ainda não chegou, não existe telefone, não existe rádio, e as canoas que navegam pelos rios são o único meio de transporte.

— Como os missionários se comunicam? — perguntou Alexander.

— As cartas demoram meses, mas de vez em quando eles dão um jeito de mandar notícias. A vida por aquelas bandas é muito dura, perigosa demais. A região está controlada por um tal de Maurice Mbembelé, um psicopata, louco, um sujeito bestial, acusado até de cometer atos de canibalismo. Há vários meses nada sabemos de nossos irmãos. Estamos muito preocupados.

Alexander observou o mapa do irmão Fernando, que continuava aberto no chão. Aquele pedaço de papel não podia dar a mais remota ideia da imensidade do continente, com seus 54 países e mais de 1,2 bilhão de habitantes. Havia aprendido muito no decorrer daquela semana de safári com Michael Mushaha, mas continuava perdido em face da complexidade da África, com seus muitos climas, paisagens, culturas, crenças, etnias e línguas. O lugar apontado pelo dedo do missionário nada significava para ele. Entendeu apenas que Ngoubé se situava em outro país.

— Tenho de chegar lá — disse o irmão Fernando.

— Como? — perguntou Angie.

— A senhora deve ser Angie Ninderera, a dona deste avião, não é? Já ouvi falar muito da senhora. Disseram-me que, pilotando seu avião, é capaz de ir a qualquer lugar.

— Epa! Não pense em me pedir para levá-lo, homem! — exclamou Angie, erguendo as mãos em um gesto defensivo.

— Por que não? Trata-se de uma emergência.

— Porque o lugar ao qual pretende ir é uma área de florestas pantanosas. Porque ali não se pode aterrissar. Porque ninguém com dois dedos de testa se atreve a andar por aquelas bandas. Porque fui contratada pela revista *International Geographic* para levar estes jornalistas, sãos e salvos, à capital. Porque tenho outras coisas para fazer. E, finalmente, porque não acredito que o senhor possa pagar a viagem.

— Deus lhe pagaria, sem dúvida — respondeu o missionário.

— Sabe, penso que seu Deus já tem dívidas demais.

Enquanto os dois discutiam, Alexander tomou o braço da avó, afastou-se com ela e disse:

— Temos de ajudar esse homem, Kate — disse ele.

— O que você está pensando, Alex, ou melhor, Jaguar?

— Podíamos pedir a Angie que nos levasse a Ngoubé.

— E quem arcará com as despesas?

— A revista, Kate. Imagine que magnífica reportagem você poderia escrever se encontrássemos os missionários perdidos.

— E se não os encontrarmos?

— Teremos uma reportagem do mesmo modo, não? Você nunca mais terá uma oportunidade como esta — disse o neto em tom de súplica.

— Tenho de consultar Joel — replicou Kate. Em seus olhos começava a brilhar a luz da curiosidade, que seu neto não demorou a reconhecer.

Joel González achou boa a ideia. Até porque não podia voltar a Londres, onde morava, antes que Timothy Bruce deixasse o hospital.

— Há cobras por aquelas bandas, Kate?

— Mais do que em qualquer outro lugar do mundo, Joel.

— Mas também há gorilas. Talvez você possa fotografá-los de perto. Daria uma bela capa da *International Geographic*... — insinuou, tentadoramente, Alexander.

— Bom, sendo assim, acompanho vocês — decidiu Joel.

Convenceram Angie com um maço de notas que Kate colocou diante de seus olhos, e com a perspectiva de um voo muitíssimo difícil, desafio ao qual a piloto não pôde resistir. Ela agarrou o dinheiro com um gesto rápido e surpreendente, acendeu o primeiro cigarro do dia e ordenou que embarcassem a bagagem, enquanto reexaminava os controles, para ter certeza de que o *Superfalcão* funcionaria bem.

— Este avião é seguro? — perguntou Joel González, para quem a pior parte de seu trabalho era, em primeiro lugar, os répteis, e em segundo, os voos naqueles pequenos aviões.

A única resposta de Angie foi lançar uma cusparada de tabaco perto de seus sapatos. Alex deu uma cotovelada de cumplicidade em Joel; também não lhe parecia muito seguro aquele meio de transporte, sobretudo quando se considerava que era pilotado por uma excêntrica, com uma caixa de cerveja junto aos pés e um charuto aceso na boca, a poucos metros dos tambores de gasolina destinados ao reabastecimento.

Vinte minutos depois o Cessna fora carregado e os passageiros estavam em seus lugares. Nem todos tinham um assento. Alex e Nádia se acomodavam em cima de bagagens, no fim da cabine. Não havia cinto de segurança para ninguém, pois Angie os considerava uma precaução inútil.

— Em caso de acidente, os cintos só servem para que a gente não possa resgatar os cadáveres — dizia ela.

Ligou os motores e sorriu com a imensa ternura que o som deles sempre lhe provocava. O avião se sacudiu como um cão molhado, tossiu um pouco e em seguida começou a se mover na pista improvisada. Angie soltou um grito de guerra comanche quando as rodas se desprenderam do solo e seu querido falcão começou a subir.

— Deus nos proteja — murmurou o missionário, fazendo o sinal da cruz, e Joel González o imitou.

A vista lá do alto proporcionava uma pequena mostra da variedade e beleza da paisagem africana. Deixaram para trás a reserva natural em que haviam passado a semana, vastas planícies avermelhadas e quentes, salpicadas de árvores e animais selvagens. Voaram sobre desertos, florestas, montes, lagos, rios, aldeias separadas por grandes distâncias. À medida que avançavam para o horizonte, retrocediam no tempo.

O ruído dos motores era um sério obstáculo à conversa, mas Nádia e Alexander insistiam em falar aos gritos. Suas sucessivas perguntas eram sempre respondidas no mesmo tom pelo irmão Fernando. Dirigiam-se para as florestas de uma zona próxima da linha do equador, ele explicou. Alguns audazes exploradores do século XIX e os colonizadores franceses e belgas do século XX haviam penetrado brevemente naquele inferno verde, mas era tão alta a mortalidade — oito em cada dez homens dizimados pelas febres tropicais, crimes ou acidentes — que tiveram de recuar. Depois da independência, quando os colonizadores estrangeiros se retiraram do país, sucessivos governos estenderam seus tentáculos até as aldeias mais distantes. Abriram algumas estradas, mandaram para o interior soldados, professores, médicos e burocratas, mas as selvas e as terríveis enfermidades detinham a civilização. Determinados a expandir o cristianismo a qualquer preço, os missionários foram os únicos que perseveraram no propósito de se enraizar naquela região infernal.

— Há menos de um habitante por quilômetro quadrado e a população se concentra perto dos rios. O restante continua desabitado — explicou o irmão Fernando. — Ninguém entra nos pântanos. Os nativos garantem que ali vivem os espíritos e que ainda há dinossauros.

— Fascinante! — exclamou Alexander.

A descrição do missionário parecia a da África mitológica que o garoto visualizara quando sua avó anunciara a viagem. Tinha se desiludido após a chegada a Nairóbi, cidade moderna, de edifícios altos e trânsito ruidoso. O que encontrara de mais parecido com guerreiros fora a tribo de nômades que havia levado o menino doente ao acampamento de Mushaha.

Até os elefantes do safári tinham lhe parecido excessivamente mansos. Quando confiou suas impressões a Nádia, ela deu de ombros, sem entender por que ele se sentia traído em seu primeiro encontro com a África. Ao contrário dele, a garota não esperava nada em particular. Alexander concluiu que, se em algum momento extraterrestres houvessem povoado a África, Nádia os aceitaria com a maior naturalidade, visto que nunca antecipava nada. Talvez agora, no lugar assinalado pelo irmão Fernando em seu mapa, encontrasse a terra mágica que havia imaginado.

Depois de várias horas de voo sem maiores desconfortos, exceto o cansaço, a sede e o enjoo dos passageiros, o avião começou a baixar por entre nuvens finas. Angie apontou uma interminável planície verde, na qual se podia distinguir a linha sinuosa de um rio. Não se vislumbrava o menor sinal de presença humana, mas a altitude ainda era muito grande para ver aldeias, caso existissem.

— É ali, tenho certeza! — gritou de repente irmão Fernando.
— Eu bem que o adverti, homem. Ali não há onde aterrissar! — respondeu Angie, igualmente aos gritos.
— Desça, senhorita, e Deus nos protegerá — disse, confiante, o missionário.
— É bom que nos proteja mesmo, pois teremos de colocar gasolina!

O *Superfalcão* começou a baixar em grandes círculos. Quando já estava mais perto do chão, os passageiros puderam ver que o rio era muito mais largo do que parecia lá do alto. Angie Ninderera disse que para o sul poderiam encontrar aldeias, mas irmão Fernando insistiu que devia voar mais para o noroeste, para a região na qual seus companheiros haviam instalado a missão. Ela deu duas voltas, aproximando-se cada vez mais do solo.

— Estamos gastando mal a pouca gasolina que nos resta! Vou para o sul — decidiu finalmente.

— Ali, Angie! — disse Kate de repente, apontando para a franja clara de uma praia, à margem do rio, que surgiu como por encanto.

— A pista é muito estreita e curta, Angie — advertiu Kate.

— Necessito apenas de duzentos metros — replicou Angie.

— Mas creio que não temos nem isso.

Deu uma volta, voando baixo, a fim de medir a praia a olho nu e buscar o melhor ângulo para a manobra.

— Não será esta a primeira vez que aterrisso em menos de duzentos metros. Segurem-se, meninos! Vamos galopar! — anunciou com outro de seus típicos gritos de guerra.

Até aquele momento Angie Ninderera havia pilotado o aparelho de modo muito relaxado, com uma lata de cerveja entre os joelhos e o charuto na mão. Agora sua atitude mudava. Apagou o charuto no cinzeiro grudado no chão com fita adesiva, acomodou sua figura corpulenta no assento, agarrou o volante com as duas mãos, a fim de tomar a posição correta, sem deixar de soltar pragas e gritar como um comanche, invocando a boa sorte, que, segundo ela, jamais lhe faltara, pois para isso levava seu amuleto pendurado no pescoço.

Kate Cold resolveu fazer coro com Angie, gritar até se esganiçar, pois não lhe ocorria outro meio de aliviar os nervos. Nádia Santos cerrou os olhos e pensou no pai. Alexander Cold abriu bem os seus e invocou o amigo, o lama Tensing, cuja prodigiosa força mental poderia ajudá-lo bastante nessas ocasiões, mas Tensing estava longe demais. Irmão Fernando rezava alto em espanhol, acompanhado por Joel González. No fim da breve praia, como se fosse uma grande muralha chinesa, erguia-se a vegetação impenetrável da selva. Tinham apenas uma oportunidade para aterrissar. Se falhassem, não haveria pista suficiente para arremeter; antes de ganhar altura, o aparelho se chocaria com as árvores.

O *Superfalcão* desceu bruscamente, roçando a barriga nos ramos mais altos das árvores. Assim que se viu na extremidade do improvisado aeródromo, Angie aproximou-se o máximo possível do chão, rezando para que fosse firme e não estivesse coberto de pedras. O avião desceu aos solavancos, como um grande pássaro ferido, enquanto no seu interior reinava o caos: as bagagens saltavam de um lado para o outro, os passageiros se chocavam com o teto, rolavam as latas de cerveja e dançavam os tambores de gasolina. Com as mãos agarradas nos instrumentos de controle, Angie freou ao máximo, enquanto procurava estabilizar o aparelho para evitar que as asas quebrassem. Os motores rugiam desesperados, e um forte cheiro de borracha queimada invadiu a cabine. O aparelho tremia em sua tentativa de parar, enquanto percorria os últimos metros de pista dentro de uma nuvem de fumaça e poeira.

— As árvores! — gritou Kate, quando estavam quase se chocando com elas.

Angie não deu resposta à gratuita observação de sua cliente: ela também via as árvores. Experimentava aquele misto de fascínio e terror absoluto quando jogava com a vida, uma súbita descarga de adrenalina que lhe produzia formigamentos na pele e lhe acelerava as batidas do coração. Esse medo feliz era o melhor de seu trabalho. Seus músculos ficaram completamente tensos no esforço brutal de dominar a máquina; lutava corpo a corpo com o avião, como um vaqueiro em cima de um touro bravo. De repente, quando as árvores estavam a dois metros de distância e os passageiros já acreditavam que havia chegado seu último instante, o *Superfalcão* se deteve, deu uma tremenda sacudida e enfiou o bico no solo.

— Maldição! — exclamou Angie.

— Não fale assim, mulher — irmão Fernando rogou com voz trêmula, do fundo da cabine, onde se debatia, sepultado sob câmeras e outros equipamentos fotográficos. — Não vê que Deus nos deu uma pista para aterrissarmos?

— Diga-lhe que me mande também um mecânico, pois temos problemas! — rugiu Angie.

— Não fiquemos histéricos. Antes de tudo, devemos examinar os danos — ordenou Kate Cold, preparando-se para descer, enquanto os outros se arrastavam para a portinhola do aparelho. O primeiro a saltar foi o coitado do Borobá, que raramente na vida tinha sofrido tamanho susto. Alexander viu que Nádia estava com o rosto coberto de sangue.

— Águia! — exclamou, tratando de livrá-la da confusão de pacotes, câmeras e assentos desprendidos do piso.

Quando finalmente se viram todos fora e puderam avaliar a situação, constatou-se que ninguém estava ferido; Nádia era vítima apenas de uma hemorragia nasal. Já o avião tinha sofrido alguns danos.

— Como eu temia, temos uma hélice dobrada — disse Angie.

— É grave? — perguntou Alexander.

— Em circunstâncias normais não é grave — respondeu Angie. — Se conseguir outra hélice, eu mesma posso fazer a troca. Mas aqui estamos fritos. Onde arranjar uma para fazer a substituição?

Antes que irmão Fernando abrisse a boca, Angie o enfrentou com as mãos na cintura:

— E se não quer que eu me aborreça de verdade, não venha me dizer que seu Deus proverá!

O missionário manteve-se em prudente silêncio.

— Onde estamos exatamente? — quis saber Kate.

— Não tenho a menor ideia — admitiu Angie.

Irmão Fernando consultou o mapa e concluiu que certamente não estavam muito longe de Ngoubé, a aldeia onde seus companheiros haviam estabelecido a missão.

— Estamos rodeados de selva e de pântanos — disse Angie. — Não poderemos sair daqui sem um barco.

— Pois então façamos uma fogueira — propôs Kate. — Uma xícara de café e um trago de vodca não cairiam nada mal.

INCOMUNICÁVEIS NA SELVA

Ao cair da noite, os expedicionários decidiram acampar nas proximidades das árvores, onde estariam mais bem protegidos.

— Há cobras constritoras por estas bandas? — perguntou Joel González, pensando no abraço quase fatal que recebera de uma delas na Amazônia.

— As constritoras não são um problema, pois podem ser vistas de longe e mortas a tiro. Problema mesmo é a víbora do Gabão. E também a cobra da floresta. O veneno delas mata em apenas alguns minutos — disse Angie.

— Temos antídoto?

— Para essas duas não há antídoto — respondeu a dona do avião. E acrescentou: — Mas o que realmente me preocupa são os crocodilos. Esses bichos comem de tudo.

— Mas ficam lá no rio, não? — perguntou Alexander.

— Também são ferozes em terra. Quando os animais saem à noite, a fim de beber, eles os pegam e os arrastam para o fundo do rio. Não é um tipo de morte muito agradável — explicou Angie.

Ela dispunha de um revólver e um rifle, embora nunca houvesse atirado com eles. Mas, tendo em vista que deveriam se dividir em turnos de vigilância durante a noite, explicou a todos do grupo como fazer uso das duas armas. Deram alguns tiros e comprovaram que ambas estavam em boas condições, mas nenhum deles foi capaz de acertar um alvo a poucos metros de distância. Irmão Fernando negou-se a participar do exercício, por entender que armas de fogo andam na cintura do diabo. Sua experiência na guerra de Ruanda o deixara escaldado.

— Aqui está minha proteção — disse, mostrando uma bolsinha de pano que levava pendente do pescoço. — Este escapulário.

— Que escapulário? — perguntou Kate.

— Este objeto santo, que foi abençoado pelo Papa — explicou Joel González, mostrando um similar que levava no peito.

Para Kate, formada na sobriedade de uma igreja protestante, o culto católico parecia tão pitoresco quanto as cerimônias religiosas dos povos africanos.

— Eu também tenho um amuleto, mas não creio que ele seja capaz de me salvar dos dentes de um crocodilo — disse Angie, mostrando sua bolsinha de couro.

— Não compare seu amuleto de bruxaria com um escapulário! — protestou irmão Fernando, ofendido.

— Qual é a diferença? — perguntou Alexander, com muito interesse.

— O primeiro representa o poder de Cristo, o segundo é uma superstição pagã.

— Às nossas crenças chamamos religião; às dos outros, superstição — comentou Kate.

Sempre que surgia uma oportunidade, ela repetia essa frase em presença de seu neto, para que ele aprendesse a respeitar as culturas diferentes da sua. Outras frases favoritas de Kate eram: "Falamos um *idioma*, os outros falam *dialetos*" e "O que os brancos fazem é arte, mas o que as pessoas de outras etnias fazem é *artesanato*". Em sua aula de ciências sociais, Alexander tentara explicar estas palavras da avó, mas ninguém captara a ironia que continham.

No momento seguinte armou-se uma apaixonada discussão sobre a fé cristã e o animismo africano, da qual participava o grupo inteiro, com exceção de Alexander, que levava no peito seu amuleto e preferia calar a boca, e Nádia que, em companhia de Borobá, examinava com grande atenção cada palmo da praia na qual se encontravam. Alexander foi juntar-se aos dois.

— O que está procurando, Águia?

Nádia se abaixou e colheu na areia pedaços de cordões.

— Encontrei vários iguais a este.

— Deve ser algum tipo de cipó.

— Não — replicou ela. — Creio que são feitos à mão.

— O que podem ser?

— Não sei. Mas isso quer dizer que alguém esteve aqui há pouco e talvez volte. Não estamos tão desamparados como Angie supõe — deduziu Nádia.

— Espero que não sejam canibais.

— Isso seria muito azar — disse ela, pensando na informação do missionário sobre o louco que reinava na região.

— Não vejo pegadas humanas em lugar nenhum — observou Alexander.

— Nem de animais. O terreno é arenoso e a chuva logo apaga as marcas deixadas.

Várias vezes durante o dia caíam chuvas fortes, que deixavam todos ensopados, e paravam tão de repente como haviam começado. Os aguaceiros não lhes davam tempo para que se secassem, mas também não atenuavam o calor: pelo contrário, a umidade se tornava ainda mais insuportável. Armaram a tenda de Angie, na qual se amontoaram cinco viajantes, enquanto o sexto vigiava. Por sugestão do religioso, saíram à procura de excrementos de animais para fazer um fogo, única maneira de afastar os mosquitos e dissimular o cheiro dos humanos, capaz de atrair feras que andassem pelas imediações. O missionário os preveniu contra os bichos-de-pé, que punham ovos entre a unha e a carne; as feridas infeccionavam e então era necessário levantar as unhas com a ponta de uma faca, para arrancar as larvas, procedimento parecido com uma tortura chinesa. Para afastarem os tais parasitas, esfregaram mãos e pés com gasolina. Também foram aconselhados pelo religioso a não deixar comida ao ar livre, pois isso atrairia formigas, algumas das quais podiam ser mais perigosas do que os crocodilos. Uma invasão de formigas era algo aterrador: por onde passavam, a vida sumia e restava somente a terra devastada. Nádia e Alexander tinham ouvido alguma coisa sobre isso na Amazônia, mas logo souberam que na África havia formigas ainda mais vorazes. Ao entardecer, chegou uma nuvem de abelhas minúsculas, as insuportáveis *mopani*, e, apesar da fumaça, elas invadiram o acampamento e cobriram até as pálpebras dos viajantes.

— Não picam — esclareceu irmão Fernando. — Limitam-se a chupar o suor. É melhor nem espantar, logo se acostumarão com elas.

— Olhem! — exclamou Joel González, apontando algo.

Pela margem avançava uma velha tartaruga, cuja carapaça tinha mais de um metro de diâmetro.

— Deve ter mais de cem anos — calculou irmão Fernando.

— Sei preparar uma deliciosa sopa de tartaruga! — disse Angie, empunhando um facão. — Tenho de aproveitar o momento em que ela puser a cabeça para fora, e então...

— Não está pensando em matá-la... — interrompeu-a Alexander.

— A carapaça vale muito dinheiro — disse Angie.

— Temos sardinha em lata para o jantar — lembrou Nádia, que também se opunha à ideia de comerem a tartaruga indefesa.

— Não convém matá-la — disse irmão Fernando. — O cheiro dela é muito forte, pode atrair animais perigosos.

O centenário animal afastou-se, com seu passo tranquilo, em busca da outra extremidade da praia, sem suspeitar o quanto estivera perto da panela.

O sol declinou, alongaram-se as sombras das árvores próximas e, finalmente, o calor diminuiu na pequena praia.

— Não olhe para estes lados, irmão Fernando, pois eu vou dar um mergulho no rio e não quero tentá-lo — avisou Angie Ninderera, com um sorriso zombeteiro.

— Não deve se aproximar do rio, senhorita. Nunca se sabe o que pode haver na água — replicou o missionário secamente, sem olhar para ela.

Mas Angie, que se livrara da calça e da blusa e corria em roupas de baixo para a margem, não cometeu a imprudência de ir além de onde a água lhe alcançava os joelhos, e permaneceu alerta, pronta para sair voando em caso de perigo. Com a lata que usava para fazer café, pôs-se a jogar água na cabeça, com evidente prazer. O mesmo fizeram os outros, à exceção do missionário, que permanecia de costas para o rio, enquanto preparava uma pobre refeição de feijões e sardinhas enlatadas; e como ele, Borobá, que detestava a água.

Nádia foi a primeira a ver os hipopótamos. Na penumbra do crepúsculo, os grandes animais se mimetizavam com a cor escura da água, e a menina só percebeu sua presença quando eles já estavam bem perto. Dois adultos, não tão grandes quanto os da reserva de Michael Mushaha, estavam parados a poucos metros de onde os viajantes se banhavam. A cabeça de outro, um bebê, assomava por entre os monumentais traseiros de seus pais. Devagar e sem fazer barulho, a fim de não os provocar, os banhistas deixaram o rio e se dirigiram para o acampamento.

Os pesados animais não externaram qualquer curiosidade pelos seres humanos; durante algum tempo, continuaram a se banhar tranquilos e, quando a noite caiu, desapareceram na escuridão. Tinham pele cinzenta e espessa, parecida com a dos elefantes, marcada por dobras profundas. As orelhas eram redondas e pequenas, os olhos brilhantes, cor de acaju. Duas bolsas pendentes das mandíbulas protegiam seus enormes caninos quadrados, capazes de triturar um tubo de ferro.

— Formam casais e são mais fiéis do que a maioria das pessoas. Têm apenas um filho de cada vez e cuidam dele durante anos — explicou irmão Fernando.

Quando o sol se pôs, a noite caiu depressa, e o grupo de expedicionários se viu rodeado pela escuridão impenetrável da floresta. Só da pequena clareira onde haviam aterrissado era possível ver a lua no céu. A solidão era absoluta. Organizaram-se em turnos para passar a noite: enquanto uns dormissem, os outros fariam guarda e manteriam o fogo aceso. Liberada de obrigações por ser o integrante mais jovem do grupo, Nádia insistiu em acompanhar Alexander em seu turno. No decorrer da noite, vários animais desfilaram pelos arredores: aproximavam-se a fim de beber no rio, mas o fogo, a fumaça e o cheiro de criaturas humanas os deixavam perturbados. Os mais tímidos voltavam assustados para a floresta; outros cheiravam o ar e vacilavam, e por fim, vencidos pela sede, avançavam até o rio. O conselho do irmão Fernando, que durante trinta anos havia estudado a flora e a fauna africanas, era no sentido de deixá-los em paz. De modo geral, eles não atacavam os humanos, disse o religioso, a menos que estivessem famintos e fossem agredidos.

— Mas isso é na teoria — rebateu Angie. — Na prática, são imprevisíveis e podem atacar a qualquer momento.

— O fogo os manterá afastados — afirmou irmão Fernando.
— Nesta praia, creio que estamos a salvo. Na floresta, encontraremos muito mais perigos do que aqui.

— Sim, mas não entraremos na floresta — interrompeu-o Angel.

— Pensa em ficar para sempre neste pedaço de areia? — perguntou o missionário.

— Não podemos sair daqui pela floresta — respondeu Angie. — Só podemos escapar pelo rio.

— Nadando? — insistiu o religioso.

— Poderíamos construir uma balsa — sugeriu Alexander.

— Você deve ter lido muitos romances de aventura, rapaz — replicou irmão Fernando.

— Amanhã tomaremos uma decisão. Agora, vamos descansar — ordenou Kate.

O turno de Nádia e de Alexander começou às três da madrugada. Caberia a eles e a Borobá ver o sol nascer. Conversavam em voz baixa, sentados com as armas nos joelhos, apoiados um no outro, costas com costas. Mantinham-se em contato mesmo quando separados, mas assim mesmo, sempre que se encontravam, tinham mil coisas para contar. Sua amizade era profunda e ambos esperavam que durasse pelo resto da vida. A verdadeira amizade, pensavam, resiste ao tempo, é desinteressada e generosa, não pede nada em troca, além da lealdade. Por acordo tácito, defendiam da curiosidade alheia seu delicado sentimento. Gostavam um do outro sem alardes, sem grandes demonstrações, discreta e silenciosamente. Usavam o e-mail para compartilhar seus sonhos, pensamentos, emoções e segredos. Conheciam-se tão bem que não necessitavam falar muito, às vezes uma palavra bastava para que se entendessem.

Em várias ocasiões a mãe de Alexander lhe perguntara se Nádia era sua namorada, e ele sempre negara, com mais energia do que o necessário. Não era sua "namorada", no sentido vulgar da palavra. A própria pergunta bastava para deixá-lo ofendido. Sua relação com Nádia não podia se comparar aos namoricos que costumavam perturbar seus amigos, ou com suas próprias fantasias em relação a Cecilia Burns, a garota com quem, desde o ingresso na escola, pensava em se casar. A ternura existente em sua relação com Nádia era única, intocável, preciosa. Compreendia que não é habitual uma relação de tal intensidade e pureza entre dois jovens de sexos diferentes; por isso mesmo não falava dela, ninguém a entenderia.

Uma hora depois de iniciado seu turno, as estrelas começaram a desaparecer uma a uma e o céu a clarear, primeiro como um suave resplendor e a seguir como um incêndio magnífico, que iluminou a paisagem com reflexos alaranjados. O céu se encheu de pássaros os mais diversos e um concerto de trinados despertou os viajantes. Todos se puseram imediatamente em ação, um atiçando o fogo e preparando alguma coisa para o desjejum, outros ajudando Angie Ninderera a desatarraxar a hélice para consertá-la.

Tiveram de se armar com pedaços de pau, a fim de manter na linha os macacos que se lançaram sobre o acampamento com intenção de roubar comida. A batalha os deixou extenuados. Os macacos se retiraram para o limite entre a praia e a floresta, e de lá vigiavam, à espera de qualquer descuido para voltar ao ataque. O calor e a umidade eram sufocantes, as roupas colavam nos corpos, todos tinham o cabelo molhado, a pele ardida. Da floresta desprendia-se um cheiro pesado de matérias orgânicas em decomposição, que se misturava com o odor dos excrementos usados para fazer a fogueira. A sede os atormentava e tinham de consumir com parcimônia a água engarrafada que transportavam no avião. Irmão Fernando propôs que se usasse a água do rio, mas Kate advertiu que se a bebessem poderiam contrair cólera ou tifo.

— Podemos fervê-la — disse Angie. — Mas com este calor não haverá como esfriá-la. Teremos que bebê-la quente.

— Então façamos chá — decidiu Kate.

O missionário usou a panela que levava pendurada em sua mochila para recolher a água do rio e fervê-la. Era cor de ferrugem, tinha sabor metálico e um cheiro estranhamente adocicado, um tanto nauseabundo.

Borobá era o único a entrar de vez em quando na floresta, em rápidas incursões; os outros tinham medo de se perder no mato cerrado. Nádia percebeu que o macaco ia e voltava sem parar, com uma atitude que no início era de curiosidade, mas logo pareceu de desespero. Chamou Alexander e, sem perda de tempo, ambos seguiram o macaco.

— Não se afastem, meninos! — avisou Kate.

— Voltaremos já — respondeu o neto.

Borobá os conduziu sem hesitar por entre as árvores. Enquanto ele saltava de um galho para outro, Nádia e Alexander avançavam com dificuldade, abrindo caminho pelo espesso matagal, rezando para não pisarem em uma cobra, nem acabarem cara a cara com um leopardo.

Os dois avançavam sem perder Borobá de vista. Pareceu-lhes que seguiam por uma espécie de vereda, apenas marcada na selva, talvez uma velha estrada, que árvores e arbustos haviam fechado, mas ainda usada pelos animais que se dirigiam ao rio, a fim de matar a sede. Estavam cobertos de insetos da cabeça aos pés; na impossibilidade de se livrar deles, resignaram-se a tolerá-los. Era melhor não pensar na série de doenças transmitidas por insetos, da malária à mortal sonolência provocada pela mosca tsé-tsé, cujas vítimas mergulham em profunda letargia, até morrerem perdidas no labirinto de seus pesadelos. Em alguns lugares, tinham de romper com as mãos imensas teias de aranha que detinham seus passos; em outros, afundavam até o meio das pernas em uma lama pegajosa.

Em seguida, distinguiram, no bulício contínuo da floresta, algo parecido com um lamento humano, que de imediato os deteve. Borobá se pôs a saltar, ansioso, dando-lhes a entender que continuassem. Uns metros mais adiante, viram do que se tratava. Marchando na dianteira, Alexander quase caiu em um buraco que apareceu diante de seus pés, como uma rachadura na terra. O lamento vinha de uma forma escura, que jazia no buraco e que à primeira vista parecia um grande cão.

— O que será? — murmurou Alexander, recuando, sem se atrever a levantar a voz.

Borobá continuou a gritar, cada vez mais alto. A criatura se moveu no fundo do buraco, e então perceberam que era um macaco. Estava envolto em uma rede que o imobilizava por completo. O animal levantou os olhos e, ao vê-los, começou a gritar, mostrando os dentes.

— É um gorila — disse Nádia. — Não consegue sair.

— Isso parece uma armadilha.

— Temos que tirá-lo daí — disse Nádia.

— Mas como? Ele pode morder a gente...

Nádia abaixou-se, aproximou-se do animal e pôs-se a falar com ele, como fazia com Borobá.

— O que está dizendo a ele? — perguntou Alex.

— Não sei se me entende. Nem todos os macacos falam a mesma língua, Jaguar. No safári consegui me comunicar com os chimpanzés, mas não com os mandris.

— Aqueles mandris eram uns desalmados, Águia. Mesmo que entendessem suas palavras, não teriam dado importância a elas.

— Não conheço a língua dos gorilas, mas imagino que será parecido com o de vários outros macacos.

— Diga a ele que fique quieto. Veremos se é possível livrá-lo da rede.

Pouco a pouco a voz de Nádia conseguiu acalmar o animal aprisionado, mas, quando tentavam se aproximar da rede, ele mostrava os dentes e voltava a grunhir.

— É uma fêmea! Tem um bebê com ela! — Alexander apontou.

Era bem pequenino, não devia ter mais de algumas semanas, e se agarrava com desespero ao pelo da mãe.

— Vamos buscar ajuda — decidiu Nádia. — Precisamos cortar essa rede.

Voltaram para a praia, correndo tanto quanto o terreno permitia, e contaram aos outros o que haviam encontrado.

— O animal pode atacá-los — advertiu irmão Fernando. — Os gorilas são pacíficos, mas uma fêmea com cria é sempre perigosa.

Mas Nádia já havia se apoderado de uma faca e voltava à floresta seguida pelo restante do grupo. Joel González mal acreditava em sua sorte: pela primeira vez na vida ia fotografar um gorila. Irmão Fernando se armou com um facão e um comprido pedaço de pau. Angie levava o revólver e o rifle. Borobá conduziu-os diretamente para a armadilha onde estava a fêmea, que se pôs frenética ao se ver rodeada de rostos humanos.

— Como seria bom se tivéssemos o anestésico de Michael Mushaha! — observou Angie.

— Ela está muito amedrontada — disse Nádia. — Vou me aproximar. Vocês se afastem e me esperem.

Os outros recuaram vários metros e se agacharam atrás das moitas, enquanto Nádia e Alexander se aproximavam, poucos centímetros a cada passo, parando e esperando. A voz de Nádia continuava a recitar o longo monólogo com o qual esperava tranquilizar o pobre animal aprisionado. Ao cabo de vários minutos os grunhidos cessaram.

— Jaguar, olhe para cima — sussurrou Nádia ao ouvido de seu amigo.

Alexander levantou os olhos e viu, na copa da árvore, um rosto negro e brilhante, de nariz achatado e olhos juntos, que os observava com grande atenção.

— É outro gorila. E muito maior! — respondeu Alex, também sussurrando.

— Não olhe diretamente nos olhos dele — aconselhou Nádia. — Para ele isso é uma ameaça, pode irritá-lo.

Os outros integrantes do grupo também viram o gorila, mas ninguém se moveu. Joel González coçava as mãos de tanto que desejava fotografar os animais, mas Kate o dissuadiu com um olhar severo. Não podiam perder, com um movimento em falso, a oportunidade, muito rara, de estar tão perto daqueles grandes símios. Meia hora depois, nada havia acontecido ainda: o gorila da árvore permanecia quieto em seu posto de observação e a criatura encolhida embaixo da rede guardava silêncio. Sua angústia, porém, era denunciada por uma respiração forte e pela maneira como apertava a cria contra o corpo.

Nádia se pôs a engatinhar lentamente em direção à armadilha, observada de frente pela fêmea aterrorizada, e do alto pelo macho. Alexander a seguia, com a faca entre os dentes, sentindo-se ligeiramente ridículo, como se atuasse em um filme de Tarzan. Quando Nádia estendeu a mão, a fim de tocar no animal embaixo da rede, as ramagens da árvore em que estava o outro gorila se agitaram.

— Se ele atacar meu neto, mate-o na mesma hora — sussurrou Kate ao ouvido de Angie.

Ela não respondeu. Suspeitava que, mesmo com o animal a um metro de distância, não se sentiria capaz de disparar um tiro contra ele. O rifle tremia em suas mãos.

Em estado de alerta, a fêmea seguia os movimentos dos jovens, mas já parecia um pouco mais tranquila, como se houvesse compreendido a explicação, tantas vezes repetida por Nádia, de que os seres humanos ali reunidos não eram os mesmos que haviam feito a armadilha.

— Quieta, quieta, logo libertaremos você — murmurava Nádia, como em uma litania.

Finalmente a mão da jovem tocou o pelo negro do animal, que se encolheu com o contato e mostrou os dentes. Nádia não retirou a mão e pouco a pouco a fêmea se tranquilizou. A um sinal de Nádia, Alexander arrastou-se, com prudência, para reunir-se a ela. De modo bem lento, a fim de não a assustar, acariciou o lombo da fêmea, até que ela se familiarizou com sua presença. Respirou fundo, esfregou o amuleto que levava no peito e do qual tirava ânimo, e empunhou a faca para cortar a corda. A reação do animal, ao ver o gume da faca, foi se encolher como um tatu-bola e proteger o bebê com seu corpo. A voz de Nádia chegava de longe, penetrando em sua mente aterrorizada, acalmando-a; ela continuava, porém, a sentir nas costas a pressão das cordas e o roçar da lâmina. Cortar as cordas foi um trabalho mais longo do que o esperado, mas Alexander acabou por abrir um espaço suficiente para a saída da prisioneira. Fez um sinal a Nádia e ambos se afastaram vários passos.

— Fora! Vamos, você *já* pode sair! — incitou Nádia.

Irmão Fernando avançou prudentemente de gatinhas e passou seu bastão a Alexander, que com ele cutucou delicadamente o gorila-fêmea encolhido dentro da rede. Isto produziu o efeito esperado: ela ergueu a cabeça, cheirou o ar e observou com curiosidade aquilo que a cercava. Tardou um pouco a comprovar que podia se mover; então ergueu-se e sacudiu a rede. Nádia e Alexander olharam-na de pé, com a cria no peito, e tiveram de tapar a boca para não gritar de empolgação. Permaneceram imóveis. O animal se abaixou, segurando o bebê contra o peito, e ficou observando os jovens com uma expressão concentrada.

Alexander tremeu ao compreender o quanto estava perto do animal. Sentiu seu calor, e um rosto negro, enrugado, surgiu a dez centímetros do seu. Fechou os olhos, suando. Quando voltou a abri-los, enxergou vagamente o focinho rosado e a boca cheia de dentes amarelos. As lentes de seus óculos estavam embaçadas, mas ele não se atrevia a tirá-las. A respiração da fêmea invadiu-lhe o nariz; tinha um cheiro agradável, de grama recém-cortada. De repente, a mãozinha curiosa do filhote agarrou seu cabelo e deu-lhe um puxão. Transbordando de felicidade, Alex estirou um dedo para o pequeno mono, e ele o segurou como fazem as crianças recém-nascidas. A mãe não gostou daquela mostra de confiança e empurrou Alexander, derrubando-o no chão, mas sem qualquer agressividade. Soltou um grunhido enfático, em tom de quem faz uma pergunta, afastou-se aos saltos em direção à árvore onde a esperava o macho e ambos se perderam na folhagem. Nádia ajudou o amigo a se recuperar.

— Viram? Ela tocou em mim! — exclamou Alexander, brincando, cheio de entusiasmo.

— Serviço bem-feito, rapaz! — aprovou irmão Fernando.

— Quem terá apanhado o animal naquela rede? — perguntou Nádia. Parecia-lhe que era feita com o mesmo material das cordas encontradas na areia da praia.

A FLORESTA ENFEITIÇADA

De volta ao acampamento, enquanto comentavam a recente aventura, Joel González improvisava uma vara de pescar, com bambu e um pedaço de arame torcido; em seguida, instalava na esperança de agarrar alguma coisa para comer. Irmão Fernando concordava com a teoria de Nádia: havia esperança de que viessem socorrê-los, pois a rede na praia era um claro indício de presença humana. Em algum momento os caçadores voltariam em busca da presa.

— Por que os gorilas são caçados? — quis saber Alexander.
— A carne deles não é boa e a pele é feia.
— A carne é aceitável, se não houver outra coisa para comer. Seus órgãos são usados para fazer bruxarias — explicou o missionário. — Com a pele e o crânio fazem máscaras. E as mãos deles são transformadas em cinzeiros. Os turistas gostam.
— Que horror!
— Na missão de Ruanda tínhamos um gorila de dois anos, o único que nos foi possível salvar. Matavam as mães e às vezes nos traziam os pobres filhotes, que eram encontrados

abandonados. São animais muito sensíveis, morrem de tristeza antes mesmo de morrerem de fome.

— A propósito, vocês não estão com fome? — perguntou Alex.

— Não foi uma boa ideia deixar aquela tartaruga escapar — observou Angie. — Podíamos ter jantado esplendidamente!

Os responsáveis pela fuga mantiveram-se em silêncio. Angie estava com a razão; naquelas circunstâncias, não podiam se dar ao luxo de sentimentalismos; primeiro, tinham de sobreviver.

— O que aconteceu com o rádio do avião? — perguntou Kate.

— Mandei várias mensagens pedindo socorro — respondeu Angie. — Mas não creio que tenham sido recebidas. Estamos muito longe. Continuarei tentando me comunicar com Michael Mushaha. Prometi ligar para ele duas vezes por dia. Tenho certeza de que estranhará o fato de não receber notícias nossas.

— Mais cedo ou mais tarde notará nosso silêncio e tratará de nos procurar — consolou-os Kate.

— Estamos fritos — murmurou Angie. — Meu avião em pedaços, nós perdidos e famintos.

— Mas que mulher pessimista é você! — replicou irmão Fernando. — Deus só dá a cruz que podemos carregar. Verá que nada nos faltará.

Angie agarrou o missionário por baixo dos braços e o levantou alguns centímetros do chão, a fim de olhá-lo de perto, olhos nos olhos.

— Se tivesse me ouvido, não estaríamos nesta enrascada! — exclamou, soltando faíscas.

— A decisão de vir aqui foi minha, Angie — interveio Kate.

Os membros do grupo dispersaram-se pela praia, cada um com sua ocupação. Com a ajuda de Nádia e Alexander, Angie conseguira desprender a hélice, e depois de examiná-la cuidadosamente confirmou aquilo que já suspeitavam: não poderiam repará-la com os meios de que dispunham. Estavam sem saída.

Joel González não acreditava que algum peixe beliscasse seu primitivo anzol, e por isso quase caiu de surpresa quando sentiu um puxão no fio. Os outros se apressaram em ajudá-lo. E, depois de muito puxarem, tiraram da água uma carpa de bom tamanho. Durante vários minutos o peixe deu rabadas de agonia, que para Nádia foram uma eternidade de pena, pois não podia ver animais sofrerem.

— A natureza é assim mesmo, garota — consolou-a o irmão Fernando. — Uns morrem para que outros possam viver.

Não quis acrescentar que Deus lhes mandara a carpa, como realmente pensava, para não provocar Angie novamente. Limparam o peixe, envolveram-no em folhas e o assaram. Jamais tinham provado algo tão delicioso. A essa altura, a praia estava quente como um inferno. Improvisaram uma barraca com lonas amarradas em troncos e trataram de descansar, observados pelos macacos e por uns grandes lagartos verdes que haviam saído da selva para tomar sol.

Suados, os membros do grupo dormitavam à sombra precária das lonas quando de repente, no outro extremo da praia, algo saiu da floresta com a força de uma tempestade, levantando nuvens de poeira. Primeiro pensaram que se tratasse de um rinoceronte, tão ruidosa fora a sua chegada, mas logo puderam ver que se tratava de um grande javali de pelos eriçados e presas ameaçadoras. A fera arremeteu às cegas contra o acampamento, sem dar aos viajantes condições de empunharem suas armas, que haviam posto de lado durante a sesta. Mal tiveram tempo de se afastar quando ele os atacou, chocando-se contra os paus que sustentavam a lona e os derrubando. Das ruínas da barraca, pôs-se a observá-los com olhos malévolos, bufando.

Angie Ninderera correu em busca do revólver, e seus movimentos atraíram a atenção do animal, que se dispôs a atacar novamente. Riscou a praia com os cascos das patas dianteiras, baixou a cabeça e lançou-se na direção de Angie, cuja corpulência lhe oferecia um alvo perfeito.

Quando o fim de Angie parecia inevitável, irmão Fernando pôs-se entre ela e o javali, agitando um pedaço de lona no ar. A fera parou, deu meia-volta e se lançou contra ele, mas no instante do choque o missionário afastou o corpo com um passo de dança. Furioso, o javali recuou, tomou distância, voltou violentamente à carga, atrapalhou-se com a lona e não conseguiu tocar no adversário. Angie empunhava o revólver, mas não se atrevia a puxar o gatilho, pois o animal girava ao redor do irmão Fernando, a proximidade quase confundindo os dois.

O grupo compreendeu que presenciava uma original tourada. O missionário usava a lona como capa, provocava o animal e o incitava aos gritos de "Olé, touro!". Enganava-o, punha-se diante dele, enlouquecia-o. Não demorou muito a deixá-lo esgotado, a ponto de fazê-lo desabar, tremendo as patas e babando. Então voltou-lhe as costas e, com a suprema arrogância de um toureiro, afastou-se vários passos, arrastando a capa, enquanto o javali se esforçava para se pôr de pé. Angie aproveitou o momento para matá-lo com dois tiros na cabeça. O coro de aplausos e assobios saudou a atrevida proeza do irmão Fernando.

— Mas que alegria você me deu! — exclamou o missionário. — Fazia trinta e cinco anos que eu não toureava!

Sorriu pela primeira vez desde que o conheceram, e contou-lhes que seu sonho de juventude era seguir os passos do pai, toureiro famoso. Mas Deus tinha outros planos para ele: uma terrível febre quase o deixara cego, e não pudera voltar às touradas. Perguntava a si mesmo o que fazer da vida quando soube, por meio do pároco de sua aldeia, que a Igreja recrutava missionários para a África. Apresentou-se pelo puro desespero de não poder mais tourear, mas logo descobriu sua vocação. Do missionário exigiam-se as mesmas virtudes esperadas de um toureiro: coragem, resistência e fé para enfrentar as dificuldades.

— Lidar com touros é fácil. Servir a Cristo é bem mais complicado — concluiu irmão Fernando.

Ainda emocionada pelo fato de ter sua vida salva por ele, Angie disse:

— A julgar pela demonstração que nos deu, parece que olhos em bom estado não são necessários para ambas as coisas.

— Agora teremos carne para vários dias. É necessário cozinhá-la para que dure um pouco mais — disse irmão Fernando.

— Fotografou a corrida? — perguntou Kate a Joel.

Ele admitiu que, empolgado com a luta, esquecera completamente sua obrigação.

— Eu fotografei! — exclamou Alexander, brandindo a minúscula câmera automática que sempre levava consigo.

Entre todos, somente irmão Fernando mostrou-se capaz de tirar o couro e arrancar as vísceras do javali, porque em sua terra havia visto muitos porcos serem abatidos. Desfez-se da camisa e pôs mãos à obra. Como não tinha facas apropriadas, o trabalho era lento e muito menos limpo do que desejava. Enquanto ele trabalhava, Alexander e Joel González, armados com bastões, espantavam os abutres que voavam em círculos sobre suas cabeças. Uma hora depois, estava tratada a carne que podia ser aproveitada. O resto foi lançado ao rio, para evitar moscas e animais carnívoros, que certamente apareceriam, atraídos pelo cheiro de sangue. O missionário arrancou com uma faca as presas do porco selvagem, e depois de limpá-las com areia, deu-as a Nádia e Alexander.

— Levem-nas de lembrança quando voltarem aos Estados Unidos — disse ele.

— Se sairmos deste lugar com vida — acrescentou Angie.

Durante boa parte da noite caíram chuvas rápidas, mas pesadas, que tornaram difícil manter o fogo aceso. Embora protegido com uma lona, apagava-se a toda hora e por fim desistiram e deixaram-no morrer. Durante o turno de Angie ocorreu o único incidente, que depois ela descreveu como "uma escapada milagrosa". Aborrecido por não ter conseguido agarrar uma presa na margem do rio, um crocodilo resolveu se aproximar do tênue brilho das brasas e da lâmpada a querosene. Abrigada do temporal por um pedaço de plástico, Angie não o viu. Só notou sua presença quando ele estava tão perto que ela podia ver a bocarra aberta a menos de um metro de suas pernas. Em uma fração de segundo, passou-lhe pela mente a premonição de Ma Bangesé, a adivinha do mercado, pensou que havia chegado ao fim, e não teve ânimo para usar o fuzil que descansava ao seu lado. O instinto e o susto fizeram-na recuar aos saltos e lançar gritos pavorosos, que despertaram os amigos. Depois de vacilar por alguns segundos, o crocodilo voltou a atacar. Angie correu, tropeçou e caiu, rolando para um lado, a fim de escapar do animal.

O primeiro a acudir Angie foi Alexander, que acabava de sair do saco de dormir, por ter chegado a hora de seu turno. Sem pensar no que fazia, armou-se com a primeira coisa que sua mão encontrou e bateu com toda força no focinho da fera. O garoto gritava mais que Angie; lutava às cegas, e metade de seus chutes e golpes não atingia o crocodilo. Mas logo os outros trataram de socorrê-lo, e Angie, refeita da surpresa, pôs-se a disparar sua arma, sem fazer pontaria. Duas balas acertaram o alvo, mas não penetraram nas grossas escamas do sáurio. Por fim, a gritaria geral e os golpes de Alexander fizeram o animal desistir de seu jantar e voltar ao rio dando rabeadas de indignação.

— Era um crocodilo! — exclamou Alexander, tremendo e gaguejando, sem acreditar que havia lutado com aquele monstro.

— Venha cá, quero lhe dar um beijo! — disse Angie, esmagando-o contra seu largo peito. — Você me salvou a vida!

Alexander sentiu que suas costelas estalavam. Estava sufocado por um misto de cheiro de medo e perfume de gardênias; Angie chorava e ria de nervosismo enquanto o cobria de beijos estalados.

Joel González aproximou-se a fim de examinar a arma empregada por Alexander.

— É a minha câmera! — exclamou.

Era. O estojo de couro estava desfeito, mas a pesada máquina alemã havia resistido, sem dano aparente, ao duro embate com o crocodilo.

— Desculpe, Joel. Da próxima vez usarei a minha — disse Alexander, indicando sua pequena câmera de bolso.

De manhã parou de chover e os viajantes aproveitaram a estiagem para lavar a roupa com o sabão de creolina que Angie trazia na bagagem. Enquanto a roupa secava ao sol, comeram carne assada e biscoitos e beberam chá como café da manhã.

Discutiam o meio de construir uma balsa, tal como Alexander havia sugerido no primeiro dia, para descerem o rio até a aldeia mais próxima, quando viram algumas canoas que se aproximavam. Em uma explosiva manifestação de alívio e alegria, todos correram para a margem, soltando gritos jubilosos de náufragos que se sentem salvos. Ao vê-los, os condutores das canoas deram meia-volta e se puseram a remar em sentido contrário. Havia dois homens em cada embarcação; vestiam bermudas e camisetas. Angie os saudou com gritos em inglês e nas línguas locais que conseguia lembrar, implorando que voltassem: estavam dispostos a pagar pela ajuda que recebessem.

Os canoeiros discutiram a proposta, e, vencidos pela curiosidade ou a cobiça, voltaram a remar, aproximando-se cautelosamente da praia. Comprovaram a presença de uma jovem robusta, de uma avó meio estranha, de um garoto magro com óculos de lentes grossas e de mais um homem cuja aparência não causava medo. Formavam um grupo meio esdrúxulo. Convencidos de que aquela gente não representava perigo, apesar das armas nas mãos da dama gorda, saudaram os estranhos com gestos e desembarcaram.

Os recém-chegados apresentaram-se como pescadores vindos de uma aldeia situada alguns quilômetros ao sul. Eram fortes, maciços, quase quadrados; tinham pele muito escura e estavam armados com facões. Segundo irmão Fernando, eram do povo banto.

Por causa da colonização, a segunda língua da região era o francês. Para surpresa de seu neto, Kate Cold falava o idioma de modo passável, e assim pôde trocar algumas frases com os pescadores. Irmão Fernando e Angie conheciam várias línguas africanas, e o que os outros não conseguiam expressar em francês eles transmitiam. Explicaram o acidente, mostraram-lhes o avião com defeito e pediram que os ajudassem a sair dali. Os bantos beberam as cervejas quentes que lhes foram oferecidas e comeram uns pedaços de javali, mas só concordaram em ajudar os viajantes quando acordaram um preço e Angie distribuiu cigarros entre eles, o que teve o poder de relaxá-los.

Nesse meio-tempo, Alexander deu uma olhada nas canoas e, não vendo nenhum equipamento de pesca, concluiu que aqueles sujeitos mentiam e não eram de confiança. Os outros membros do grupo também não estavam tranquilos.

Enquanto os homens das canoas comiam, bebiam e fumavam, o grupo de amigos afastou-se do local, a fim de discutir a situação. Angie aconselhou-lhes o máximo cuidado, pois aqueles estranhos podiam até assassiná-los visando roubar seus pertences, embora irmão Fernando acreditasse que eram enviados do céu para ajudá-los em sua missão.

— Esses homens nos levarão rio acima até Ngoubé — disse o religioso. — Segundo o mapa...

— Que ideia! — interrompeu-o Angie. — Iremos para o sul, para a aldeia deles. Lá deve existir algum meio de comunicação. Tenho de conseguir uma hélice e pegar de volta meu avião.

— Estamos bem perto de Ngoubé. Não posso abandonar meus companheiros. Quem sabe que dificuldades estarão passando... — alegou irmão Fernando.

— Não lhe parece que já temos problemas suficientes? — replicou Angie.

— Você não respeita o trabalho dos missionários! — exclamou irmão Fernando.

— E você por acaso respeita as religiões africanas? — replicou Angie. — Por que tenta impor suas crenças?

— Acalmem-se! — pediu Kate aos dois. — Temos problemas mais urgentes para resolver.

— Sugiro que nos separemos — disse o religioso. — Os que quiserem poderão ir para o sul com você. Os que quiserem me acompanhar irão na outra canoa para Ngoubé.

— De maneira nenhuma! — interrompeu Kate. — Juntos estaremos mais seguros.

— Por que não submetemos o assunto à votação? — sugeriu Alexander.

— Porque neste caso a democracia não se aplica, meu jovem — sentenciou o missionário.

— Então deixemos que Deus decida — disse Alexander.

— Como?

— Lancemos esta moeda para o alto. Se cair cara, iremos para o sul. Se cair coroa, iremos para o norte. Está na mão de Deus, ou da sorte, conforme preferiram — disse o garoto, exibindo a moeda.

Angie Ninderera e irmão Fernando vacilaram por um momento e depois se puseram a rir. A ideia lhes parecia conter um humor irresistível.

— Certo! — exclamaram ao mesmo tempo.

Os outros também aprovaram. Alexander passou a moeda para Nádia, que a lançou para o alto. Todos prenderam a respiração até a moeda cair na areia.

— Cara! — gritou irmão Fernando em triunfo. — Vamos para o norte!

— Dou-lhe três dias. Se nesse prazo não encontrarmos seus irmãos, voltaremos. Está claro? — rugiu Angie.

— Cinco dias.

— Quatro.

— Está bem, quatro dias e nem um minuto a mais — concordou o missionário com uma careta.

Convencer os supostos pescadores a levá-los ao local assinalado no mapa foi mais difícil do que se esperava. Os homens explicaram que ninguém se aventurava para aqueles lados sem autorização do rei Kosongo, que não simpatizava com estrangeiros.

— Rei? Neste país não há rei — disse Kate. — Há um presidente e um Parlamento. Supõe-se que seja uma democracia

Angie esclareceu que, além do governo nacional, certos clãs e tribos da África tinham reis e até algumas rainhas, cujo papel era mais simbólico do que político, como alguns soberanos que ainda existiam na Europa.

— Em suas cartas — disse irmão Fernando —, meus companheiros mencionaram um tal rei Kosongo, mas faziam muito mais referências ao comandante Maurice Mbembelé. Parece que esse militar é quem manda.

— Talvez não se trate da mesma aldeia — sugeriu Angie.

— Não tenho dúvida de que é a mesma.

— Não me parece prudente pormos a cabeça na boca do lobo — disse a dona do avião.

— Temos que averiguar o que aconteceu com os missionários — observou Kate.

— O que sabe acerca de Kosongo, irmão Fernando? — perguntou Alexander.

— Pouca coisa. Parece que Kosongo é um usurpador. Foi posto no trono pelo comandante Mbembelé. Antes, havia uma rainha, que agora está desaparecida. Supõe-se que a mataram, ninguém a viu nos últimos anos.

— E sobre Mbembelé, o que contaram os missionários? — insistiu Alexander.

— Que estudou dois anos na França, de onde foi expulso por ter problemas com a polícia — lembrou irmão Fernando.

De volta ao seu país, continuou o missionário, Maurice Mbembelé entrou para o exército, mas ali também teve problemas, por causa de seu temperamento indisciplinado e violento. Foi acusado de pôr fim a uma revolta mediante o assassinato de vários estudantes e a queima de algumas casas. Seus superiores puseram uma pá de terra em cima do caso, para evitar que saísse na imprensa, e se livraram do oficial, transferindo-o para o ponto mais obscuro do mapa. Esperavam que as febres dos pântanos e as picadas dos mosquitos lhe curassem o mau caráter ou acabassem com ele. Mbembelé desapareceu na selva, com um punhado de homens leais, e pouco tempo depois reapareceu em Ngoubé. Segundo os missionários contavam em suas cartas, Mbembelé aquartelou-se na aldeia e de lá passou a controlar toda a zona. Era um bruto, impunha os castigos mais cruéis às pessoas. Diziam até que em mais de uma ocasião havia comido o fígado e o coração de suas vítimas.

— Trata-se de canibalismo ritual — esclareceu Kate. — Pensam que desse modo adquirem a coragem e a força do inimigo derrotado.

— Idi Amim, que foi ditador de Uganda, mandava servir no jantar seus ministros assados no forno — acrescentou Angie.

— O canibalismo — disse Kate — não é tão raro como imaginamos. Pude testemunhá-lo em Bornéu, alguns anos atrás.

— É verdade que presenciou atos de canibalismo, Kate...? — perguntou Alexander.

— Aconteceu quando estive lá, fazendo uma reportagem — respondeu a avó. — Não vi como cozinhavam as pessoas, se é isto que você quer saber, filho, mas soube de primeira mão. Como sou precavida, naqueles dias comi somente feijão enlatado.

— Acho que vou me tornar vegetariano — concluiu Alexander, enojado.

Irmão Fernando contou que o comandante Mbembelé não via com bons olhos a presença dos missionários cristãos em seu território. Tinha certeza de que não durariam muito: se não morressem por causa de alguma doença tropical ou de um oportuno acidente, seriam vencidos pelo cansaço e a frustração. O coronel permitiu-lhes construir um dispensário com os medicamentos que haviam levado, mas não autorizou as crianças a frequentar a escola, nem os doentes a se aproximar da missão. Os irmãos limitavam-se a difundir conhecimentos de higiene entre as mulheres, o que também acabou por ser proibido. Viviam isolados, sob constante ameaça, à mercê dos caprichos do rei e do comandante.

Pelas poucas notícias que os missionários tinham conseguido mandar-lhe, irmão Fernando suspeitava que Kosongo e

Mbembelé financiavam seu reino de terror por meio do contrabando. A região era rica em diamantes e outras pedras preciosas. E tinha reservas de urânio ainda não exploradas.

— E as autoridades não fazem nada a respeito? — perguntou Kate.

— Onde a senhora pensa que está? Pelo visto não sabe como as coisas são tratadas por estas bandas — replicou irmão Fernando.

Os bantos concordaram em levá-los ao território de Kosongo em troca de uma quantia de dinheiro, cerveja, tabaco e duas facas. O resto das provisões foi posto em sacos de couro; no fundo dos sacos esconderam as bebidas e os cigarros, mais valorizados do que o dinheiro e passíveis de serem usados no pagamento de serviços e subornos. Latas de sardinha e pêssego em calda, fósforos, açúcar, leite em pó e sabão também eram considerados muito valiosos por eles.

— Minha vodca eu não darei a ninguém — resmungou Kate.

— O mais necessário são os antibióticos, os comprimidos para malária e o soro contra o veneno das cobras — disse Angie, retirando a maleta de primeiros-socorros do avião, que também continha a ampola de anestésico recebida de Michael Mushaha como amostra.

Os bantos viraram as canoas e fincaram paus na areia, a fim de improvisar duas cobertas, sob os quais repousaram, depois de terem bebido e cantado a plena voz até altas horas da noite. Aparentemente nada temiam dos brancos, nem dos animais. Já os outros não se sentiam seguros. Agarrados às suas armas e bagagens, passaram a noite a vigiar os pescadores, que dormiam a sono solto. Pouco depois das cinco, amanheceu. Envolta em misteriosa bruma, a paisagem parecia uma delicada aquarela. Enquanto os estrangeiros, exaustos, faziam seus preparativos para partir, os bantos corriam pela areia, chutando uma bola de pano, em uma vigorosa partida de futebol.

Irmão Fernando improvisou um pequeno altar, no alto do qual se erguia uma cruz feita com dois pedaços de madeira, e chamou os presentes para as rezas. Os bantos acercaram-se por curiosidade e os outros por cortesia, mas a solenidade não conseguiu comover a todos, inclusive Kate, que depois de ter visto tantos ritos diferentes em suas viagens não se impressionava mais com nenhum.

Puseram a carga nas frágeis canoas, distribuindo da melhor maneira possível o peso dos passageiros e das bagagens. No avião ficou tudo aquilo que não podiam levar.

— Espero que ninguém apareça por aqui na nossa ausência — disse Angie, dando uma palmada de despedida no *Superfalcão*.

Ela não tinha nenhum outro bem além do avião, e temia que o saqueassem até o último parafuso. "Quatro dias não é muito", murmurou para si mesma, o coração apertado, repleto de maus pressentimentos. Quatro dias naquela selva eram o mesmo que uma eternidade.

Partiram por volta das oito da manhã. Com as lonas, armaram toldos sobre as canoas, a fim de se protegerem do sol, que ardia impiedoso em suas cabeças quando avançavam pelo meio do rio. Enquanto os estrangeiros sofriam com a sede, o calor, o ataque das moscas e abelhas, os bantos remavam contra a corrente sem fazerem grande esforço, animando-se mutuamente com brincadeiras e grandes tragos de vinho de palma, levado em garrafas de plástico. Obtinham a bebida do modo mais simples: faziam um corte em forma de V no tronco da palmeira, prendiam embaixo uma cuia e esperavam que ela se enchesse com a seiva da árvore, deixada em seguida a fermentar.

Havia no ar uma algaravia de pássaros e uma festa de várias espécies de peixes na água; apareceram hipopótamos, talvez a mesma família que tinham visto à beira do rio na primeira noite, e crocodilos de dois tipos, uns cinzentos, outros menores, com escamas cor de café. Em segurança na canoa, Angie aproveitou para cobri-los de insultos. Os bantos queriam apanhar um deles, cuja pele podia lhes dar bom dinheiro, mas Angie reagiu histérica, e os outros também não aceitaram dividir o espaço da embarcação com o animal, mesmo que lhes atassem as patas e a bocarra: tinham visto suas fileiras de dentes renováveis e a força de suas rabeadas.

Uma espécie de cobra escura passou roçando pela primeira canoa, e de repente inflou-se, transformou-se em uma ave de asas com listras brancas e cauda negra; a cobra elevou-se e desapareceu por entre as copas da floresta. Mais tarde uma grande sombra passou por cima de suas cabeças e Nádia deu um grito ao reconhecê-la: era uma águia-coroada. Angie contou que tinha visto uma delas levantar voo com uma gazela nas garras. Nenúfares brancos flutuavam entre grandes folhas carnosas, formando ilhas, que tinham de ser contornadas com cuidado, para evitar que as canoas ficassem presas nas raízes. Em ambas as margens a vegetação era cerrada; do alto pendiam cipós, samambaias, ramos e certos tipos de raízes. De vez em quando surgiam pontos de cor no verde uniforme da natureza: eram orquídeas lilases, vermelhas, amarelas, cor-de-rosa.

Durante grande parte do dia, navegaram para o norte. Incansáveis, os remadores não variavam o ritmo de seus movimentos, nem mesmo quando fazia mais calor, quando os outros estavam meio desmaiados. Não pararam para comer; satisfizeram-se com umas bolachas, água engarrafada e um punhado de açúcar. Ninguém quis sardinhas, cujo cheiro bastava para lhes revolver o estômago.

Pelo meio da tarde, quando o sol ainda estava alto, mas o calor havia diminuído um pouco, um dos bantos apontou para a margem. As canoas fizeram uma parada. O rio bifurcava-se em um braço largo, que continuava para o norte, e um canal estreito, que guinava para a esquerda e se internava na selva.

Na entrada do canal, viram em terra firme algo que parecia um espantalho. Era uma estátua de madeira em tamanho natural, vestida de ráfia, penas e tiras de papel; tinha cabeça de gorila, e a boca estava aberta como se soltasse um grito de assombro. Havia duas pedras incrustadas em suas órbitas. O tronco estava cheio de pregos, e a cabeça era coroada com uma incongruente roda de bicicleta que lhe servia de chapéu e da qual pendiam ossos e mãos dissecadas, talvez de macacos. Crânios de animais espalhavam-se pelo chão, e o boneco estava cercado por vários outros, igualmente pavorosos.

— São bonecos satânicos, coisas de bruxaria! — exclamou irmão Fernando, fazendo o sinal da cruz.

— São um pouco mais feios do que os santos das igrejas católicas — replicou Kate em tom sarcástico.

Joel González e Alexander voltaram suas câmeras para os bonecos.

Aterrorizados, os bantos anunciaram que para eles a viagem terminava ali. E, embora Kate os tentasse com mais dinheiro e mais cigarros, negaram-se a prosseguir. Explicaram que aquele altar macabro assinalava a fronteira do território de Kosongo. Ali começavam seus domínios, e ninguém podia entrar sem sua permissão. Acrescentaram que poderiam alcançar a aldeia, antes do cair da noite, se seguissem uma certa trilha na floresta. A aldeia não estava muito longe dali, distava apenas duas horas de marcha. Deviam guiar-se pelas árvores marcadas com talhos de facão. Atracaram as frágeis embarcações na margem e, sem esperar instruções, puseram-se a lançar as bagagens no chão.

Kate pagou-lhes uma parte do prometido e, graças ao seu mau francês e à ajuda do irmão Fernando, conseguiu dizer-lhes que deviam apanhá-los naquele mesmo lugar, dentro de quatro dias. Então receberiam o restante do dinheiro, além de um prêmio em cigarros e latas de pêssego em calda. Os bantos aceitaram com sorrisos fingidos, recuaram aos tropeções, subiram em suas canoas e se afastaram como se perseguidos por demônios.

— Que sujeitos mais excêntricos! — comentou Kate.

— Temo que não voltaremos a vê-los — acrescentou Angie, sem esconder sua preocupação.

— É melhor começarmos a andar antes que escureça — disse irmão Fernando, pondo a mochila nas costas e ocupando as mãos com dois pacotes.

OS PIGMEUS

A trilha anunciada pelos bantos era invisível. O terreno não passava de um lodaçal, trançado por galhos e raízes; a todo momento os pés dos caminhantes afundavam em uma nata branca de insetos, vermes e sanguessugas. Ratos gordos e grandes feito cães fugiam à passagem dos estrangeiros. Por sorte os viajantes calçavam botas de canos longos, que pelo menos protegiam suas pernas das serpentes. Tão grande era a umidade que tanto Kate quanto Alexander optaram por guardar os óculos de lentes embaçadas, enquanto irmão Fernando, que pouco ou nada via sem os seus, era obrigado a limpá-los de cinco em cinco minutos. Naquela vegetação luxuriosa não era fácil descobrir as árvores marcadas a facão.

Uma vez mais Alexander pôde comprovar que o clima equatorial esgota o corpo e produz uma pesada indiferença na alma. Lembrou-se do frio limpo e restaurador das montanhas nevadas que costumava escalar em companhia do pai e das quais tanto gostava. Pensou que, se ele se sentia oprimido, sua avó devia estar à beira de um ataque do coração, mas Kate raramente se queixava. Não parecia disposta a se deixar vencer pela velhice. Costumava dizer que só notamos os anos quando curvamos as costas e emitimos ruídos, tais como tosse, pigarro, gemidos e estalos de ossos. Por isso ela andava muito ereta e não produzia nenhum desses ruídos.

O grupo avançava quase às cegas, tateando, enquanto os macacos lhes atiravam projéteis do alto das árvores. Os amigos tinham uma ideia geral da direção a seguir, mas não da distância que os separava da aldeia; e suspeitavam ainda menos do tipo de recepção que os esperava.

Caminharam durante mais de uma hora, mas pouco avançaram, era impossível acelerar o passo naquele terreno. Tiveram de atravessar vários charcos com água até a cintura. Em um deles, Angie Ninderera pisou em falso e deu um grito ao perceber que afundava no barro movediço e eram inúteis seus esforços para desprender-se dele. Joel González e o irmão Fernando seguraram uma extremidade do rifle e ela se agarrou à outra com as duas mãos, de modo que eles puderam levá-la à terra firme. Na operação, Angie soltou a bolsa que levava.

— Perdi minha bolsa! — exclamou, ao ver que o objeto afundava irremediavelmente na lama.

— Não importa, senhorita — replicou irmão Fernando. — O importante foi que pudemos tirá-la do barro.

— Como não importa? Naquela bolsa estavam meus charutos e meu batom!

Kate deu um suspiro de alívio. Pelo menos não teria mais de respirar a fumaça do maravilhoso tabaco de Angie, a tentação era muito grande.

Aproveitaram a água transparente de um riacho para se limparem um pouco, mas tiveram de se conformar com o barro que entrara nas botas. Pior: tinham a sensação de que do interior da floresta alguém os observava.

— Acho que estão nos espiando — disse Kate, incapaz de suportar a tensão por mais tempo.

Organizaram-se em círculo, armados com seu reduzido arsenal: o revólver e o rifle de Angie, duas facas e um facão.

— Que Deus nos proteja — murmurou irmão Fernando, num pedido de ajuda que escapava de seus lábios com frequência cada vez maior.

Alguns minutos depois surgiram cautelosamente da selva umas figuras humanas pequenas como crianças. O mais alto de todos não chegava a metro e meio. Tinham pele cor de café amarelado, pernas curtas, tronco e braços compridos, olhos muito separados, nariz chato e o cabelo formando pequenos tufos.

— Devem ser os famosos pigmeus da floresta — disse Angie, saudando-os com um gesto.

Vestiam apenas tangas; um deles cobria-se com uma camisa rasgada, que lhe chegava aos joelhos. Estavam armados com lanças, mas não as brandiam de modo ameaçador, usavam-nas apenas como bastões. Levavam uma rede enrolada em um pau, carregada por dois deles. Nádia percebeu que a rede era idêntica àquela na qual havia caído o gorila-fêmea, nas imediações da já distante praia onde haviam aterrissado. Os pigmeus responderam à saudação de Angie com um sorriso satisfeito e algumas palavras em francês; em seguida, puseram-se a conversar longamente em sua língua, que ninguém ali entendia.

— Podem nos levar a Ngoubé? — interrompeu irmão Fernando.

— Ngoubé? *Non... non!...* — exclamaram os pigmeus.

— Precisamos ir a Ngoubé — insistiu o missionário.

O homem da camisa rasgada revelou-se o que melhor podia se comunicar com os viajantes, pois além de seu pequeno vocabulário francês, sabia algumas palavras inglesas. Apresentou-se como Beyé-Dokou. Outro o indicou com o dedo e disse que ele era o *tuma* de seu clã, ou seja, o melhor caçador. Beyé-Dokou mandou-o calar-se com um empurrão amistoso, mas pela expressão satisfeita de seu rosto parecia orgulhoso do título. Os outros puseram-se a rir às gargalhadas, zombando dele em voz alta. Qualquer assomo de vaidade era muito malvisto entre os pigmeus. Envergonhado, Beyé-Dokou afundou a cabeça entre os ombros. Com alguma dificuldade, conseguiu explicar a Kate que não deviam se aproximar da aldeia, por se tratar de um lugar muito perigoso, e sim se afastar dela o mais depressa possível.

— Kosongo, Mbembelé, Sombê, soldados — repetia, gesticulando, aterrorizado.

Quando lhe disseram que precisavam ir de qualquer maneira a Ngoubé, e que as canoas só voltariam para apanhá-los quatro dias mais tarde, ele mostrou-se muito preocupado. Conversou longamente com os companheiros e, por fim, ofereceu-se para levá-los por uma trilha secreta através da selva, ao local onde haviam deixado o avião.

— Devem ter sido eles que armaram aquela rede na qual a gorila ficou presa — disse Nádia, depois de observar a que era levada por dois pigmeus.

— Pelo jeito não gostaram nem um pouco da ideia de ir a Ngoubé — comentou Alexander.

— Ouvi dizer que eles são os únicos seres humanos capazes de viver na selva pantanosa — disse Angie. — Orientam-se pelo instinto quando têm que se deslocar dentro da floresta. É melhor irmos com eles, antes que seja demasiado tarde.

— Já que chegamos até aqui, vamos até a aldeia de Ngoubé — disse Kate. — Não foi isso que acertamos?

— Para Ngoubé! — repetiu irmão Fernando.

Com gestos eloquentes, os pigmeus procuravam fazer os viajantes compreenderem que ir à aldeia seria uma temeridade, mas finalmente concordaram em guiá-los.

Deixaram a rede embaixo de uma árvore, puseram em suas próprias costas as mochilas e bagagens dos estrangeiros e partiram trotando por entre as moitas, com uma rapidez que tornava impossível acompanhá-los. Eram fortes e ágeis. Cada um deles levava mais de trinta quilos nas costas, mas nenhum dava mostras de sofrer com isto. Os músculos de suas pernas e braços pareciam de concreto. Enquanto os expedicionários arquejavam, prestes a desmaiar de fadiga e calor, eles corriam com seus passos curtos, os pés voltados para fora, como os dos patos, sem parar de conversar e aparentemente sem fazer o menor esforço.

Beyé-Dokou falou-lhes dos três personagens antes mencionados: o rei Kosongo, o comandante Mbembelé e Sombê, a quem descreveu como um terrível feiticeiro.

Explicou-lhes que o rei Kosongo jamais tocava o chão com seus pés, pois se o fizesse a terra tremeria. Além disto, mantinha o rosto sempre coberto, para que ninguém lhe visse os olhos, tão poderosos que podiam matar a distância aquele que fosse alcançado por eles. Kosongo não dirigia a palavra a quem quer que fosse, porque sua voz era como um trovão: ensurdecia as pessoas, aterrorizava os animais. O rei só falava através do Boca Real, um personagem da Corte, treinado para suportar o poder de sua voz. Também cabia ao Boca provar a comida do rei, para evitar que o envenenassem, ou lhe fizessem magia negra por meio dos alimentos. Beyé-Dokou advertiu-lhes de que deviam sempre manter a cabeça mais baixa que a do rei. O correto, aliás, era cair de quatro e arrastar-se quando em sua presença.

O homenzinho da camiseta amarela descreveu Mbembelé por meio de um gesto: o de apontar uma arma invisível, dispará-la e cair no chão como se morresse; e depois atirando lanças, ou então cortando mãos e pés com facão ou machado. A mímica não podia ser mais clara. Beyé-Dokou acrescentou que não deviam jamais contrariá-lo. Mas no fim ficou evidente que, dos três, o que ele mais temia era Sombê. O mero nome do feiticeiro deixava os pigmeus apavorados.

A trilha era invisível, mas os pequenos guias já haviam andado por ela muitas vezes e, para se orientarem, não necessitavam de sinais em árvores. Passaram por outra clareira, na qual havia mais alguns bonecos de vodu, parecidos com os que tinham visto antes. Estes, porém, eram cor de ferrugem. Quando se aproximaram, viram que estavam cobertos de sangue seco. Em torno deles havia pilhas de lixo, cadáveres de animais, frutas podres, pedaços de mandioca, cuias com líquidos diversos, possivelmente vinho de palma e outras bebidas. O cheiro era insuportável. Irmão Fernando fez o sinal da cruz e Kate Cold teve de lembrar ao espantado Joel González que estava ali para fazer fotografias.

— Espero que não seja sangue humano, mas de animais sacrificados — murmurou o fotógrafo.

— A aldeia dos antepassados — disse Beyé-Dokou, apontando a estreita vereda que começava no boneco e desaparecia floresta adentro.

Explicou que era necessário fazer uma volta para chegar a Ngoubé, pois não se podia passar pelos domínios dos antepassados, onde rondavam os espíritos dos mortos. Tratava-se de uma regra básica de segurança: só um tolo, ou um louco, ousaria seguir pelo outro lado.

— São antepassados de quem? — quis saber Nádia.

Beyé-Dokou não compreendeu imediatamente a pergunta; somente com a ajuda do missionário conseguiu captá-la.

— São nossos antepassados — esclareceu, apontando seus companheiros e gesticulando com o objetivo de lembrar que eram de baixa estatura.

— E Kosongo? E Mbembelé? Também não se aproximam da aldeia-fantasma dos pigmeus? — insistiu Nádia.

— Ninguém se aproxima — respondeu Beyé-Dokou. — Se forem molestados, os espíritos se vingarão. Eles entram no corpo dos vivos, tomam conta de sua vontade, provocam doenças, sofrimentos e até a morte.

Os pigmeus indicaram aos forasteiros que deviam se apressar, porque durante a noite os espíritos dos animais também saíam para caçar.

— Como conseguem distinguir um animal vivo do fantasma de um animal? — perguntou Nádia.

— O espectro não cheira como um animal vivo. Um leopardo com cheiro de antílope é um espectro. Ou uma serpente com cheiro de elefante — explicou o pigmeu.

— É preciso ter bom olfato e se aproximar bastante para distingui-los... — disse, rindo, Alexander.

Beyé-Dokou lhes contou que antes não tinham medo da noite ou dos espíritos dos animais, mas somente dos antepassados, pois estavam protegidos por Ipemba-Afuá. Kate quis saber se falava de alguma divindade, mas o pigmeu fez a jornalista entender que estava errada: tratava-se de um amuleto sagrado, que desde tempos imemoriais pertencia à sua tribo. Pela descrição, conseguiram entender que o amuleto era um osso humano, dentro do qual havia um pó eterno que curava muitos males. Tinham usado esse pó infinitas vezes, durante muitas gerações, sem que ele acabasse. Cada vez que abriam o osso, encontravam-no cheio do mágico produto. Ipemba-Afuá representava a alma de seu povo, disseram. Era sua fonte de saúde, força e boa sorte para a caça.

— Onde ele está? — quis saber Alexander.

Beyé-Dokou informou, com lágrimas nos olhos, que Ipemba--Afuá fora arrebatado por Mbembelé, e agora estava em poder de Kosongo. Enquanto o monarca retivesse o amuleto, eles ficariam sem alma e estariam à sua mercê.

Entraram em Ngoubé no fim do dia, quando os habitantes começavam a acender tochas e fogueiras, a fim de iluminar a aldeia. Passaram diante de mirradas plantações de banana, mandioca e café, dois altos currais de madeira — não souberam para que espécie de animal — e uma fila de palhoças sem janelas, com paredes tortas e telhados em ruínas. Algumas vacas de longos chifres comiam ervas que cresciam no solo, e por toda parte corriam galinhas meio depenadas, cães famintos e macacos selvagens. Poucos metros adiante abriam-se uma avenida e uma praça central bastante ampla, cercada de moradias mais decentes, casebres de barro com telhados de palha ou de chapas corrugadas de zinco.

Com a chegada dos estrangeiros começou uma gritaria e em poucos minutos a aldeia ficou cheia de gente que queria saber o que se passava. Pelas feições pareciam bantos, como os homens das canoas que os haviam levado até a bifurcação do rio. Mulheres em andrajos e crianças nuas formavam uma massa compacta numa das margens do caminho, através da qual abriram passo quatro homens mais altos do que o resto da população, indubitavelmente de outra raça. Vestiam calças rasgadas de um uniforme militar, estavam armados com velhos rifles e levavam cartucheiras na cintura. Um deles cobria a cabeça com um capacete de explorador adornado com penas, vestia camiseta e calçava sandálias de plástico. Os outros andavam nus da cintura para cima e estavam descalços; levavam tiras de pele de leopardo atadas nos bíceps ou em torno da cabeça, e tinham cicatrizes rituais no rosto e nos braços. Eram linhas de pontos, como se debaixo da pele houvesse contas ou pequenas pedras incrustadas.

Com o aparecimento dos soldados a atitude dos pigmeus mudou: logo desapareceram de seus rostos o ar de segurança e os sinais da alegre camaradagem que haviam demonstrado na floresta. Puseram as bagagens no chão, baixaram a cabeça e se retiraram como cachorros escorraçados. Beyé-Dokou foi o único que se atreveu a fazer um leve gesto de despedida para os estrangeiros.

Os soldados apontaram as armas para os recém-chegados e vociferaram algumas palavras em francês.

— Boa tarde — saudou-os Kate, que encabeçava a fila, à falta do que dizer.

Os soldados ignoraram sua mão estendida, cercaram os recém-chegados e, ante os olhares dos curiosos, empurraram-nos com os canos das armas contra a parede de um casebre.

— Kosongo, Mbembelé, Sombê! — gritou Kate.

Os homens vacilaram ante o poder daqueles nomes e se puseram a discutir em seu idioma. Fizeram o grupo esperar durante um tempo, que pareceu eterno, enquanto um deles saía em busca de instruções.

Alexander percebeu que alguns habitantes não tinham orelhas ou uma das mãos. Viu também que vários meninos exibiam horríveis feridas no rosto. Irmão Fernando esclareceu que eram provocadas por um vírus transmitido pelas moscas; nos acampamentos de refugiados de Ruanda, tinha visto pessoas atacadas pela mesma doença.

— Isso se cura com água e sabão. Mas, pelo visto, aqui não há sabão — acrescentou o missionário.

— Mas você não disse que seus colegas tinham um dispensário? — perguntou Alexander.

— Essas feridas são um péssimo sinal, filho — replicou o missionário, preocupado. — Significam que meus irmãos não estão aqui. De outro modo, elas estariam curadas.

Muito tempo depois, quando *já* era noite fechada, o mensageiro voltou com ordens para levá-los à Árvore das Palavras, onde eram decididos os assuntos governamentais. Mandaram que apanhassem as bagagens e os seguissem.

A multidão afastou-se, abrindo caminho para o grupo que atravessava aquela espécie de praça, espaço divisório da aldeia. No centro erguia-se uma bela árvore, cujas ramagens cobriam o amplo espaço como um guarda-chuva. O tronco tinha uns três metros de diâmetro, e as grossas raízes, expostas ao ar, caíam do alto como grandes tentáculos, mergulhando em seguida no chão. Ali os esperava o impressionante Kosongo.

O rei ocupava o alto de um estrado de madeira, sentado em uma poltrona de antiquado estilo francês, pés torcidos, madeira pintada com tinta cor de ouro e almofadas em tecido felpudo. O assento era ladeado por presas de elefantes, fixadas na vertical, e o solo, coberto por várias peles de leopardo. Além das presas, o trono estava cercado por um bom número de estátuas de madeira, com expressões aterrorizantes, e vários bonecos do tipo usado nas bruxarias. Três músicos, vestindo jaquetas azuis de uniformes militares, aos quais faltavam as calças e as botas, tiravam sons de pedaços de madeira. Duas fogueiras e várias tochas fumegantes clareavam a noite, dando à cena um ar teatral.

Kosongo cobria-se com um manto inteiramente bordado com pequenas conchas, penas e outros objetos inesperados, como tampinhas de garrafa, balas e rolos de filmes. O manto devia pesar uns quarenta quilos. O rei usava também um chapéu monumental, com um metro de altura, enfeitado com quatro chifres de ouro, símbolos de poder e coragem. De seu pescoço pendiam amuletos e colares feitos com presas de leões; enrolada na cintura, uma longa pele de jiboia. Ocultava o rosto atrás de uma cortina de contas de ouro e de vidro. Um bastão de ouro maciço, com um crânio de macaco na empunhadura, lhe servia de cetro ou cajado. Ao bastão estava preso um osso, com delicados desenhos em baixo-relevo; pelo tamanho e a forma, parecia uma tíbia humana.

Os forasteiros deduziram que aquilo podia ser Ipemba-Afuá, o amuleto ao qual os pigmeus haviam se referido. Kosongo levava nos dedos volumosos anéis de ouro, com formato de animais, e pesadas pulseiras, igualmente de ouro, cobriam-lhe os braços até os cotovelos. Seu aspecto era tão impressionante quanto o dos soberanos ingleses no dia de sua coroação, embora o estilo fosse outro.

Guardas e ajudantes do rei formavam um semicírculo ao redor do trono. Pareciam bantos, como o restante dos habitantes da aldeia; já o rei era, aparentemente, da mesma etnia dos soldados, que se distinguia pela boa estatura. Como estava sentado, era difícil calcular o tamanho de Kosongo, mas parecia enorme, embora isto talvez não passasse do efeito criado pelo manto e o chapéu. O comandante Maurice Mbembelé e o feiticeiro Sombê não se encontravam à vista em lugar nenhum.

Mulheres e pigmeus não faziam parte do círculo real; contudo, por trás dos cortesãos masculinos viam-se cerca de duas dezenas de jovens mulheres, que se distinguiam do resto dos habitantes de Ngoubé por se vestirem com tecidos de estampas vistosas e se enfeitarem com pesadas peças de ouro. À luz vacilante das tochas, o ouro reluzia sobre sua pele escura. Algumas levavam crianças nos braços, enquanto meninos pequenos brincavam ao redor delas. Os visitantes deduziram que se tratava da família do rei; e puderam notar que aquelas mulheres pareciam tão submissas quanto os pigmeus. Pelo jeito, não sentiam orgulho de sua posição social, só medo.

Irmão Francisco informou aos companheiros que a poligamia era comum na África, e que frequentemente o número de mulheres e filhos servia como indicador de prestígio e poderio econômico. No caso de um rei, quanto mais filhos tiver, mais próspera será sua nação. Nesse aspecto, como em muitos outros, a influência do cristianismo e da cultura ocidental não havia alterado os costumes. O missionário aventou a hipótese de que as mulheres de Kosongo talvez não escolhessem sua sorte, mas fossem obrigadas a se casar com ele.

Os quatro soldados altos empurraram os estrangeiros, indicando-lhes que deviam se prostrar diante do rei. Quando Kate tentou erguer os olhos, recebeu um golpe na cabeça e teve de desistir imediatamente. Permaneceram durante longos e incômodos minutos naquela posição, respirando a poeira da praça, humilhados, amedrontados, até que a espera foi suspensa por um som metálico e outro produzido pelos bastões de madeira dos músicos. Os prisioneiros puderam enfim olhar para o trono: a mão do estranho monarca agitava uma campainha de ouro.

Quando morreu o eco da campainha, um dos conselheiros adiantou-se e o rei disse-lhe algo ao ouvido. O homem dirigiu-se aos estrangeiros com uma salada de francês, inglês e banto para anunciar, à maneira de introdução, que Kosongo fora escolhido por Deus e tinha a missão divina de governar.

Os forasteiros voltaram a enterrar o nariz no pó, sem coragem de pôr em dúvida a afirmação do conselheiro. Compreenderam que aquele era o Boca Real, referido por Beyé-Dokou.

Em seguida, o porta-voz perguntou qual era o propósito daquela visita aos domínios do magnífico soberano Kosongo. Seu tom ameaçador não deixava dúvida sobre o que pensava da visita. Ninguém respondeu. Os únicos que entenderam suas palavras foram Kate e o irmão Fernando, mas ambos se sentiam paralisados, não conheciam o protocolo e não queriam se arriscar a cometer uma imprudência. Talvez a pergunta fosse apenas retórica e Kosongo não esperasse qualquer resposta.

O rei aguardou alguns segundos, em meio a um silêncio absoluto, e de repente voltou a agitar a campainha, o que os habitantes da aldeia interpretaram como uma ordem. Com exceção dos pigmeus, todos os nativos se puseram a gritar e ameaçar com os punhos, fechando o círculo em torno dos visitantes. Curiosamente, aquilo não parecia uma revolta popular, mas um ato teatral representado por atores ruins; não havia o menor entusiasmo no clamor, e alguns manifestantes riam de maneira dissimulada.

Os soldados que dispunham de armas de fogo coroaram a manifestação coletiva com uma inesperada salva de tiros para o alto, que provocou uma debandada na praça. Adultos, crianças, macacos, cachorros e galinhas trataram de se refugiar o mais longe possível, e os únicos que permaneceram embaixo da árvore foram o rei, sua pequena corte, seu atemorizado harém e os prisioneiros, que haviam se atirado de rosto no chão e coberto a cabeça com os braços, na certeza de que chegara sua hora final.

Pouco a pouco a calma voltou ao vilarejo. Uma vez terminada a salva e dissipado o ruído dos tiros, Boca Real repetiu a pergunta. Desta vez Kate Cold se pôs de joelhos, com a pouca dignidade que seus velhos ossos permitiam, mantendo-se em nível inferior ao do temperamental soberano, tal como Beyé-Dokou lhes havia instruído, e dirigiu-se ao intermediário com firmeza, mas evitando provocá-lo:

— Somos jornalistas e fotógrafos — disse, assinalando vagamente os companheiros.

O rei cochichou algo ao seu ajudante, que perguntou aos estranhos:

— Todos?

— Não, Vossa Majestade Sereníssima. Esta senhora é a dona do avião que nos trouxe aqui; e o senhor de óculos é um missionário

— respondeu Kate, apontando para Angie e o irmão Fernando. E acrescentou, antes que quisessem saber quem eram Nádia e Alexander: — Viemos de muito longe, a fim de entrevistar Vossa Majestade Originalíssima, pois a fama que alcançastes já ultrapassa as fronteiras deste reino e se espalha pelo mundo todo.

Kosongo, que parecia saber muito mais francês do que o Boca Real, fixou os olhos na escritora, com expressão de profundo interesse, mas também de desconfiança.

— Que queres dizer, velha? — perguntou por meio do conselheiro.

— Que no estrangeiro há uma grande curiosidade pela pessoa de Vossa Majestade Altíssima.

— Como é isso? — perguntou o Boca Real.

— Vossa Majestade Absolutíssima conseguistes impor a paz, a prosperidade e a ordem nesta região. A nós chegaram notícias de que sois um valente guerreiro, que tendes grande autoridade, sabedoria e riqueza. Dizem que sois tão poderoso quanto o antigo rei Salomão.

Kate continuou seu discurso, enredando-se nas palavras, pois não havia praticado seu francês nos últimos vinte anos; e, embaralhando-se também nas ideias, pois não tinha fé suficiente em seu plano. Estavam em pleno século XXI: não existiam mais aqueles bárbaros reizinhos dos filmes de quinta categoria, que se espantavam com um oportuno eclipse do sol.

Pensou, no entanto, que Kosongo poderia ser suscetível à adulação, como a maioria dos homens no poder. Não estava em seu caráter jogar flores em cima de ninguém, mas em sua longa vida havia comprovado que em geral o poderoso acredita na mais ridícula das lisonjas. Sua única esperança era a de que Kosongo engolisse aquela isca.

Suas dúvidas dissiparam-se quase de imediato, pois a tática de afagar o rei surtiu o efeito desejado. Kosongo estava convencido de sua origem divina. Durante anos ninguém lhe contestara o poder; a vida e a morte dos súditos dependiam de seus caprichos. Assim, considerou normal que um grupo de jornalistas cruzasse meio mundo para entrevistá-lo. O estranho era que ninguém houvesse feito isso antes. Decidiu recebê-los como mereciam.

Kate Cold perguntou-se de onde vinha tanto ouro, pois a aldeia era a mais pobre que tinha visto. Que outras riquezas estavam nas mãos do rei? Qual era a relação entre Kosongo e o comandante Mbembelé? Talvez os dois planejassem se aposentar, a fim de desfrutar suas fortunas em um lugar mais atraente do que aquele labirinto de pântanos e selvas. Enquanto isso, os habitantes de Ngoubé viviam na miséria, sem comunicação com o mundo exterior, sem eletricidade, água tratada, educação e remédios.

PRISIONEIROS DE KOSONGO

Com uma das mãos, Kosongo agitou a campainha de ouro e com a outra ordenou aos habitantes da aldeia que saíssem de trás dos casebres, onde continuavam ocultos, e se aproximassem. A atitude dos soldados mudou em relação aos estrangeiros, a quem ajudaram a se levantar. Em seguida, puseram à disposição deles uns banquinhos de três pernas. Os moradores se aproximaram com cautela.

— Festa! Música! Comida! — ordenou Kosongo por intermédio do Boca Real, indicando ao aterrorizado grupo de forasteiros que podiam se sentar nos banquinhos.

O rosto do rei, coberto pela cortina de contas, voltou-se para Angie. Sentindo-se examinada, ela procurou desaparecer atrás dos companheiros, mas, sendo volumosa, era impossível ocultar-se.

— Creio que ele está me olhando — disse ela baixinho para Kate. — Os olhos dele não matam, como dizem, mas é como se me deixassem nua.

— Talvez pretenda incorporar você ao harém dele — respondeu Kate em tom de brincadeira.

— Nem morta!

Kate admitiu para seus botões que Angie podia competir em beleza com qualquer uma das esposas de Kosongo, mesmo não sendo mais tão jovem. Ali as mulheres se casavam ainda adolescentes, e na África a dona do avião podia se considerar uma mulher madura. Ainda assim, sua figura alta e forte, seus dentes muito brancos e sua pele lisa eram bem atraentes.

A jornalista tirou da mochila uma de suas preciosas garrafas de vodca e a depositou aos pés do monarca, mas este não pareceu impressionado. Com um gesto de menosprezo, Kosongo autorizou seus súditos a desfrutarem do modesto presente. A garrafa passou de mão em mão entre os soldados. Em seguida, o rei tirou de debaixo do manto um maço de cigarros, e os soldados os distribuíram, um a um, entre os homens da aldeia. As mulheres foram ignoradas, afinal elas não eram tidas como pertencentes à mesma espécie dos machos. Também não foram oferecidos aos estrangeiros, para desespero de Angie, que começava a sofrer os efeitos da falta de nicotina.

As esposas do rei não recebiam mais consideração do que o restante da população feminina de Ngoubé. Um velho severo tinha a tarefa de mantê-las na linha, para o que dispunha de uma delgada vara de bambu, com a qual não vacilava em golpear suas pernas sempre que lhe dava na telha. Aparentemente, não se considerava errado maltratar as rainhas em público.

Irmão Fernando se atreveu a perguntar pelos missionários ausentes, e o Boca Real respondeu-lhe que jamais houvera missionários em Ngoubé. Acrescentou que fazia muitos anos a aldeia não era visitada por estrangeiros. A única exceção tinha sido um antropólogo, que medira cabeças dos pigmeus, mas logo fora embora, porque não conseguira suportar nem o calor nem os mosquitos.

— Deve ter sido Ludovic Leblanc! — suspirou Kate.

Lembrou-se de que Leblanc, seu arqui-inimigo e sócio na Fundação Diamante, dera-lhe para ler um ensaio de sua autoria, publicado em uma revista científica, no qual tratava dos pigmeus da selva equatorial.

Segundo Leblanc, os pigmeus formavam a sociedade mais livre e igualitária de que se tinha notícia. Homens e mulheres viviam em estreita camaradagem, os esposos caçavam juntos e cuidavam igualmente dos filhos. Entre eles não havia hierarquias, os únicos cargos honoríficos eram os de "chefe", "curandeiro" e "melhor caçador" mas estas posições não traziam poder nem privilégios, só deveres. Não existiam diferenças entre homens e mulheres, nem entre velhos e jovens; as crianças não deviam obediência aos pais.

A violência entre membros do clã era desconhecida. Viviam em grupos familiares, ninguém possuía mais bens do que os outros, e todos produziam apenas o indispensável para o consumo do dia. Não havia incentivo ao acúmulo de bens, pois, se alguém adquirisse alguma coisa, sua família tinha o direito de tomá-la. Tudo se dividia. Era um povo com feroz espírito de independência, que não fora subjugado nem mesmo pelos colonizadores europeus; recentemente, porém, muitos tinham sido escravizados pelos bantos.

Kate nunca se sentia segura quanto ao grau de veracidade dos trabalhos acadêmicos de Leblanc, mas a intuição lhe dizia que, no tocante aos pigmeus, o pomposo professor podia estar correto. Pela primeira vez, Kate sentiu falta dele. Discutir com Leblanc era o sal de sua vida, algo que mantinha seu espírito combativo; não lhe convinha passar muito tempo longe dele, pois isso talvez lhe enfraquecesse o caráter. O que mais a velha escritora temia era a ideia de se transformar em uma avozinha inofensiva.

Irmão Fernando estava certo de que o Boca Real mentia no tocante aos missionários perdidos, e por isso insistiu em suas perguntas, até que Angie e Kate o lembraram do protocolo. Era evidente que o tema incomodava o rei. Kosongo parecia uma bomba-relógio pronta para explodir, e eles estavam em uma posição muito vulnerável.

Para festejar sua presença na aldeia, os visitantes receberam cuias com vinho de palma, umas folhas parecidas com as do espinafre e bolo de mandioca; deram-lhes também uma cesta com grandes ratos assados nas fogueiras e regados com fios de um azeite amarelado, extraído das sementes de uma palmeira. Alexander fechou os olhos, pensando com saudade nas latas de sardinha que havia em sua mochila, mas uma canelada de Kate o devolveu à realidade. Não era prudente rejeitar a ceia do rei.

— São ratos, Kate! — exclamou, procurando controlar a náusea.

— Não seja rabugento. Têm gosto de frango — replicou ela.

— Você disse o mesmo daquela cobra amazônica — lembrou o neto. — E não era verdade.

O vinho de palma não passava de uma beberagem horrível, doce e nauseante, que o grupo de estrangeiros provou por mera cortesia, mas não pôde tragar. Já os soldados e outros homens da aldeia bebiam-no em grandes goles, de modo que pouco tempo depois não havia mais ninguém sóbrio no local. A vigilância foi afrouxada, mas os prisioneiros não tinham como escapar: estavam rodeados pela selva, pelo miasma dos pântanos e a ameaça dos animais selvagens.

Os ratos assados e as folhas que os acompanhavam mostraram-se mais passáveis do que a aparência deixava supor. Já o bolo de mandioca tinha gosto de pão mergulhado em espuma de sabão. Mas estavam famintos e engoliram tudo sem fazer caretas. Nádia se limitou ao espinafre amargo; já Alexander surpreendeu-se a chupar, com prazer, os ossinhos de uma perna de rato. Sua avó tinha razão: o gosto era de frango. Ou melhor, de frango defumado.

De repente, Kosongo voltou a agitar sua sineta de ouro.

— Agora quero meus pigmeus! — gritou Boca Real aos soldados, e acrescentou para conhecimento dos visitantes: — Tenho muitos pigmeus, são meus escravos. Não são humanos, vivem na floresta, como os macacos.

Levaram para a praça vários tambores, de diferentes tamanhos, alguns tão grandes que tinham de ser carregados por dois homens, outros feitos com peles esticadas sobre cuias ou com velhas latas de gasolina. Por ordem dos soldados, os integrantes do reduzido grupo de pigmeus, os mesmos que haviam conduzido os estrangeiros a Ngoubé e permaneciam à parte, foram empurrados para o local dos instrumentos. Os homens assumiram seus postos, cabisbaixos, reticentes, sem se atrever a desobedecer.

— Devem tocar e dançar, para que os antepassados levem um elefante às suas redes. Amanhã sairão para caçar e não poderão voltar com as mãos vazias — explicou Kosongo por intermédio do Boca Real.

Beyé-Dokou deu umas batidas de ensaio, a fim de estabelecer o tom e marcar o andamento, e então todos começaram a tocar. A expressão de seus rostos mudou, pareciam transfigurados; seus olhos brilhavam, os corpos se moviam acompanhando o ritmo das mãos, enquanto o volume subia e se acelerava o compasso das batidas. Pareciam incapazes de resistir à sedução da música que eles mesmos criavam. Suas vozes se elevaram em um canto extraordinário, que ondulava no ar como uma serpente, e de súbito se detinha para dar espaço ao contraponto. Os tambores adquiriam vida, competiam entre si, somavam-se, palpitavam, animavam a noite.

Alexander calculou que meia dúzia de orquestras de percussão, com amplificadores elétricos, não se igualariam àquilo. Em seus rústicos instrumentos, os pigmeus reproduziam as vozes da natureza; algumas delicadas, como saltos de gazela ou rumor de água correndo entre pedras; outras profundas, como passos de elefantes, o trovejar da manada de búfalos em disparada; outras, ainda, como gemidos de amor, gritos de guerra, lamentos de quem sofre. A música aumentava em intensidade e rapidez, até alcançar um apogeu; em seguida baixava, até transformar-se em um suspiro quase inaudível. Assim os ciclos se repetiam sem se igualar, cada um mais magnífico, todos repletos de graça e emoção, como só os melhores músicos de jazz poderiam fazer.

A um novo sinal de Kosongo, trouxeram as mulheres, que os estrangeiros ainda não tinham visto. Até aquele momento tinham permanecido nos currais de animais que ficavam na entrada da aldeia. Eram pigmeias, jovens, vestidas somente com saias de ráfia. Avançaram arrastando os pés, em sinal de humildade, enquanto os guardas gritavam ordens e ameaças. Ao vê-las, os músicos reagiram com uma espécie de paralisia, os tambores se detiveram de súbito e por alguns instantes somente seu eco vibrou na floresta.

Os guardas voltaram a ameaçá-las com seus pedaços de madeira, e elas se encolheram e se abraçaram mutuamente, a fim de se proteger. Imediatamente os instrumentos voltaram a soar com novo garbo. Então, ante o olhar impotente dos visitantes, teve início um diálogo mudo entre elas e os músicos. Enquanto os homens açoitavam os tambores, de modo a expressar toda a gama de emoções humanas, da ira ao sofrimento, do amor à nostalgia, as mulheres dançavam em círculo, balançavam as saias de ráfia, erguiam os braços, golpeavam o chão com seus pés descalços, respondiam com seus movimentos e seu canto aos angustiados apelos dos companheiros. Era um espetáculo de intensidade primitiva e dolorosa, insuportável.

Nádia ocultou o rosto entre as mãos. Alexander a abraçou com firmeza, segurando-a, pois temia que sua amiga saltasse no centro do pátio, com a intenção de pôr fim àquela dança degradante. Kate se aproximou a fim de adverti-los de que um simples movimento em falso poderia ser fatal.

Ver Kosongo era o bastante para perceber que a escritora tinha razão. O rei parecia possuído, estremecia ao ritmo dos tambores, como se fosse sacudido por uma corrente elétrica, mas permanecia sentado na poltrona francesa que lhe servia de trono. Os adornos do manto e do chapéu tilintavam, seus pés marcavam o ritmo dos tambores, seus braços agitavam-se, fazendo soar as pulseiras de ouro. Alguns membros da Corte e mesmo alguns guardas embriagados puseram-se a dançar, e por fim todos os habitantes da aldeia fizeram o mesmo. Logo se instalou um pandemônio de pessoas que se retorciam e pulavam.

A loucura coletiva cessou tão de repente quanto havia começado. Obedecendo a um sinal que só eles perceberam, os músicos deixaram de bater nos tambores, e assim terminava também a patética dança de suas companheiras. As mulheres da aldeia se reagruparam e voltaram para os currais. Quando os tambores se calaram, Kosongo se imobilizou e o resto dos habitantes seguiu seu exemplo. Apenas o suor que escorria pelos braços nus do rei lembrava sua dança no trono. Então os forasteiros puderam ver que nos braços dele havia as mesmas cicatrizes ritualísticas existentes na pele dos quatro soldados, e que, como eles, Kosongo usava braceletes de pele de leopardo nos bíceps. Os cortesãos apressaram-se em acomodar o pesado manto sobre os ombros do rei, e repuseram na vertical o chapéu, que a essa altura estava torto.

Boca Real explicou aos viajantes que, se demorassem mais um pouco, poderiam ver Ezenji, a dança dos mortos, praticada por ocasião dos funerais e das execuções. Ezenji era também o nome do Grande Espírito. Como seria de esperar, a notícia não caiu bem sobre o grupo. Antes que alguém se atrevesse a pedir detalhes, Boca Real comunicou-lhes, em nome do rei, que seriam conduzidos aos seus "aposentos".

Quatro homens ergueram a plataforma sobre a qual estava a poltrona real e levaram Kosongo, em procissão, para a sua morada, seguido pelas esposas, que carregavam as duas presas de elefante e guiavam os filhos. Os carregadores tinham exagerado na bebida, e por isso o trono oscilava perigosamente.

Kate e seus companheiros apanharam as bagagens e seguiram os bantos, que os conduziam, iluminando o caminho com tochas. Na escolta, um único soldado, com seu fuzil e seu bracelete de pele de leopardo. Graças ao vinho de palma e à dança desenfreada, estavam de bom humor; riam, brincavam, davam palmadas de brincadeira uns nos outros. Mas isto não tranquilizou os viajantes, pois estava claro que eram levados como prisioneiros.

O que os guardas chamavam de "aposentos" era o interior de uma construção de barro com telhado de palha, maior do que as habitações no outro extremo da aldeia, rentes com a floresta. Contava com duas aberturas na parede, que faziam as vezes de janelas, e uma entrada sem porta. Os homens com as tochas iluminaram o espaço e, ante a repugnância dos que iam passar a noite ali, milhares de baratas correram para os buracos existentes nas paredes.

— São os bichos mais antigos do mundo — disse Alexander. — Existem há trezentos milhões de anos.

— O que não as torna menos desagradáveis — observou Angie.

— As baratas são inofensivas — acrescentou Alexander, embora realmente não tivesse certeza de que fossem.

— Será que há cobras por aqui? — perguntou Joel González.

— As jiboias não costumam atacar no escuro — brincou Kate.

— E esse cheiro terrível? — perguntou Alexander.

— Pode ser urina de rato ou excremento de morcego — disse irmão Fernando, sem se perturbar, pois já havia passado por experiências semelhantes em Ruanda.

— Viajar com você é sempre um prazer, vovó — disse Alex, rindo.

— Não me chame de vovó. Se não gosta das instalações, vá para o Sheraton.

— Estou morrendo de vontade de fumar! — lamentou-se Angie.

— Esta é sua oportunidade de largar o vício — replicou Kate, sem muita convicção, pois também sentia falta de seu velho cachimbo.

Um dos bantos acendeu as tochas que estavam presas às paredes, e o soldado ordenou a todos que não saíssem dali antes do amanhecer. Se alguma dúvida restava sobre suas palavras, esta foi dissipada pelo gesto ameaçador com a arma.

Irmão Fernando quis saber se havia alguma latrina por perto, e o soldado riu; a pergunta lhe pareceu muito divertida. Mas, como o missionário insistisse, o guarda perdeu a paciência e lhe deu um empurrão com o coice do fuzil, derrubando-o. Kate, habituada a se fazer respeitar, interpôs-se com grande decisão, plantando-se diante do agressor, e, antes que este arremetesse também contra ela, pôs em sua mão uma lata de pêssegos em calda. O homem aceitou o suborno e saiu. Poucos minutos depois, voltou com um balde de plástico e o entregou a Kate, sem nenhuma explicação. O recipiente velho seria a única instalação sanitária de que iriam dispor.

— O que significam essas tiras de pele de leopardo, e essas cicatrizes nos braços? — quis saber Alexander. — Os quatro soldados têm as mesmas cicatrizes.

— É uma pena que não possamos nos comunicar com Leblanc. Na certa ele nos daria uma explicação — disse Kate.

— Creio que esses homens pertencem à Irmandade do Leopardo, uma confraria secreta, existente em vários países da África — explicou Angie. — São recrutados na adolescência e marcados com essas cicatrizes, assim podem se reconhecer em qualquer lugar. São guerreiros mercenários, combatem e matam por dinheiro. Têm fama de serem brutais. Juram ajudar-se durante toda a vida e matar os inimigos uns dos outros. Não têm família nem laços de qualquer espécie, salvo com os irmãos da confraria.

— Solidariedade negativa. Quer dizer, qualquer ato cometido por um deles se justifica, mesmo que seja o mais horrível — explicou irmão Fernando. — É o contrário da solidariedade positiva, que une as pessoas para construir, plantar, nutrir, proteger os fracos, melhorar as condições de vida. A solidariedade negativa é a da guerra, da violência, do crime.

— Pelo visto, estamos em ótimas mãos — suspirou Kate, muito cansada.

O grupo se preparou para passar uma péssima noite, vigiado da porta pelos dois guardas bantos, armados de facão. O soldado se retirou. Assim que se acomodaram no chão, usando bagagens como almofadas, as baratas voltaram e puseram-se a passear por cima deles. Os seis viajantes tiveram de se resignar às perninhas que às vezes corriam por suas orelhas, faziam cócegas nas pálpebras, introduziam-se, curiosas, por baixo de suas roupas. Angie e Nádia, que tinham cabelos compridos, cobriram-nos com lenços, a fim de impedir que os insetos fizessem ninho em sua cabeça.

— Onde há baratas não há cobras — disse Nádia.

A ideia, que acabava de lhe ocorrer, produziu o resultado esperado: Joel González, que até então era um feixe de nervos, acalmou-se como por encanto, feliz em ter as baratas como companheiras.

Durante a noite, quando seus companheiros foram finalmente vencidos pelo sono, Nádia resolveu agir. De tão cansados que estavam, os outros conseguiram dormir pelo menos algumas horas, apesar dos ratos, das baratas e da ameaçadora proximidade dos homens de Kosongo. Nádia, porém, estava muito impressionada com o espetáculo dos pigmeus e decidiu averiguar o que se passava naqueles currais, onde tinha visto as mulheres desaparecerem após a dança. Tirou as botas e apanhou uma lanterna. Os dois guardas, sentados lá fora, com seus facões sobre as pernas, não eram empecilho para ela, pois havia três anos que praticava a arte da invisibilidade, aprendida com os índios da Amazônia.

O "povo da neblina" desaparecia, mimetizados na natureza, com seus corpos pintados, em silêncio, movendo-se com leveza e mantendo uma concentração mental tão profunda que só por pouco tempo podia ser sustentada. Essa "invisibilidade" tinha servido a Nádia para sair de apuros em mais de uma ocasião; por isso, praticava-a com frequência. Entrava e saía de suas aulas, sem que professores e colegas percebessem, e depois nenhum deles era capaz de se lembrar da presença de Nádia na escola. Viajava, sem ser vista, no superlotado metrô de Nova York; para tirar a prova, punha-se a alguns centímetros de outro passageiro, e olhava fixamente seu rosto, sem que ele manifestasse a menor reação.

Kate Cold, com quem Nádia morava, era a principal vítima da constante diversão da garota, pois nunca tinha certeza se ela realmente estava ali ou se não passava de um sonho.

Nádia ordenou a Borobá que se mantivesse quieto no dormitório, pois não poderia levá-lo. Em seguida, respirou fundo várias vezes, até se livrar por completo da ansiedade, e então concentrou-se em desaparecer. Quando ficou pronta, seu corpo começou a se mover em estado quase hipnótico. Passou por cima dos amigos adormecidos, sem tocá-los, e deslizou para a saída.

Lá fora, os guardas, entorpecidos pelo vinho de palma, tinham dividido a noite em turnos de vigilância. Um deles estava escorado na parede e roncava, o outro, um pouco assustado, perscrutava a escuridão da selva, pois temia os fantasmas da floresta. Nádia chegou ao umbral, o homem se voltou para ela e por um momento os olhares dos dois se cruzaram. O guarda teve a sensação de estar na presença de alguém, mas logo essa impressão se desfez e um sono irresistível o obrigou a bocejar. Ele permaneceu em seu posto, lutando contra o sono, o facão abandonado no chão, enquanto a delgada silhueta da jovem se afastava.

No mesmo estado etéreo, sem chamar a atenção das poucas pessoas que permaneciam despertas, Nádia atravessou a aldeia. Passou perto das tochas que iluminavam as construções de barro do recinto real.

Um macaco insone saltou de uma árvore e caiu aos seus pés, fazendo-a voltar ao corpo por um breve instante, para em seguida concentrar-se de novo e continuar avançando.

Não sentia seu peso, era como se flutuasse. Assim chegou aos currais, duas áreas retangulares cercadas com troncos cravados na terra e amarrados com cipós e tiras de couro. Uma parte de cada curral tinha uma coberta de palha, o resto ficava a céu aberto. A porta era fechada com uma pesada tranca que só podia ser aberta por fora. Ninguém vigiava.

A garota andou em torno dos currais, examinando a paliçada com as mãos, sem se atrever a acender a lanterna. Era uma cerca firme e bastante alta, mas uma pessoa decidida podia aproveitar as protuberâncias da madeira e os nós das cordas para transpô-la. Perguntou a si mesma por que as pigmeias não escapavam. Depois de dar duas voltas e comprovar que não havia ninguém nos arredores, decidiu levantar a tranca de uma das portas. Em seu estado de invisibilidade só podia se mover com muito cuidado; não podia agir como fazia normalmente. Precisou sair do transe para forçar a porta.

Os sons da floresta povoavam a noite: vozes de pássaros e outros animais, murmúrios entre as ramagens e suspiros na terra. Nádia pensou que as pessoas tinham boas razões para não sair à noite da aldeia: era fácil atribuir origens sobrenaturais àqueles ruídos. Seus esforços para abrir a porteira não foram silenciosos, pois a madeira rangia. Uns cães se aproximaram, latindo, mas Nádia falou na linguagem canina com eles, que imediatamente se calaram. Pareceu-lhe ouvir o choro de uma criança, mas esse som também cessou alguns segundos depois. Ela voltou a pôr o ombro na tranca, mais pesada do que imaginara. Por fim, conseguiu afastar dos suportes a tira de madeira, entreabriu o portão e deslizou para o interior do curral.

Àquela altura seus olhos já haviam se habituado às sombras da noite, e ela pôde perceber que estava em uma espécie de pátio. Sem saber o que encontraria, avançou silenciosamente para a parte coberta com palha, calculando como se retirar em caso de perigo. Decidiu que não podia aventurar-se no escuro e, depois de uma breve hesitação, acendeu a lanterna.

O feixe de luz iluminou uma cena tão inesperada que Nádia soltou um grito e quase deixou cair a lanterna. Umas doze ou quinze figuras muito pequenas estavam de pé, no fundo da área coberta, encostadas na cerca. Inicialmente tomou-as por crianças, mas em seguida teve certeza de que eram as mesmas mulheres que haviam dançado para Kosongo. Pareciam tão aterrorizadas quanto ela mesma, mas não emitiram o menor som; limitaram-se a olhar a intrusa com olhos arregalados.

— Psiu — disse Nádia, levando um dedo aos lábios. — Não vou lhes fazer mal, sou amiga... — acrescentou em português, seu idioma natal, e em seguida repetiu a frase nas várias línguas que conhecia.

As prisioneiras não entenderam todas as suas palavras, mas adivinharam suas intenções. Uma delas deu um passo à frente, embora com o corpo ainda encolhido e o rosto oculto, e estendeu às cegas um braço. Nádia aproximou-se e tocou em seu corpo. A outra se afastou, temerosa, mas logo se atreveu a olhar por entre os dedos, e decerto ficou satisfeita com o rosto da forasteira, pois abriu um sorriso. Nádia estendeu novamente a mão e a mulher fez o mesmo; os dedos de ambas se entrelaçaram e este contato físico foi a mais transparente forma de comunicação.

— Nádia, Nádia — apresentou-se a garota, tocando o próprio peito.

— Jena — replicou a outra.

Logo as demais rodearam Nádia, tocando-a com curiosidade, cochichando e rindo. Uma vez descoberta a linguagem comum do carinho e da mímica, o resto foi fácil. As pigmeias explicaram que foram separadas de seus companheiros, aos quais Kosongo obrigava a caçar elefantes, não para consumir sua carne, mas para retirar as presas, que eram vendidas a contrabandistas. O rei tinha outro clã de escravos, encarregados de explorar uma mina de diamantes no norte do país.

Os pigmeus caçadores eram recompensados com cigarros, um pouco de comida e o direito de ver a família, mas apenas brevemente. Quando o marfim ou os diamantes não eram suficientes, o comandante Mbembelé entrava em cena. Os castigos eram numerosos. O mais fácil de suportar era a morte, o mais atroz era perder os filhos, vendidos como escravos aos contrabandistas.

Jena acrescentou que restavam poucos elefantes na floresta, os pigmeus tinham de ir cada vez mais longe, a fim de encontrá-los. Os homens não eram numerosos e elas não podiam ajudá-los, como sempre tinham feito. Com a escassez de elefantes, o destino de seus filhos era muito incerto.

Nádia não estava segura de ter entendido perfeitamente o que diziam. Pensava que a escravidão tivesse terminado havia muito tempo, mas a mímica das mulheres era bastante clara. Mais tarde, Kate confirmaria que em alguns países ainda existiam escravos. Os pigmeus eram considerados criaturas exóticas e eram comprados para fazer trabalhos degradantes ou, se tivessem sorte, para divertir os ricos ou ser vendidos a donos de circos.

As prisioneiras contaram que em Ngoubé elas faziam trabalhos pesados, como plantar, carregar água, limpar as casas e até construir choças. Tudo que desejavam era se reunir às suas famílias e voltar à selva, onde seu povo tinha vivido em liberdade durante milhares de anos. Nádia mostrou-lhes com gestos que podiam galgar a paliçada e escapar, mas elas replicaram que as crianças estavam presas no outro curral, a cargo de duas avós; não podiam fugir sem elas.

— E onde estão seus maridos? — perguntou Nádia.

Jena indicou que eles viviam na floresta e só podiam visitar a aldeia quando trouxessem carne, peles ou marfim. Os músicos que haviam tocado os tambores durante a festa de Kosongo eram seus maridos, disseram.

O AMULETO SAGRADO

Depois de se despedir das pigmeias e prometer que ia ajudá-las, Nádia regressou ao dormitório tal como havia saído, valendo-se da arte da invisibilidade. Ao chegar, comprovou que havia apenas um guarda — o outro fora embora —, e o que ficara dormia como um bebê, graças ao vinho de palma. Isto lhe oferecia uma vantagem inesperada. Deslizou silenciosa como um esquilo, alcançou Alexander, o acordou, tapando-lhe a boca com a mão, e, em poucas palavras, contou ao amigo o que tinha visto no curral das escravas.

— É horrível, Jaguar. Precisamos fazer alguma coisa.
— O quê, por exemplo?
— Não sei. Antes, os pigmeus viviam na selva e se relacionavam normalmente com os habitantes desta aldeia. Nessa época havia uma rainha chamada Nana-Asantê. Pertencia a outra tribo e vinha de muito longe, as pessoas acreditavam que fora enviada pelos deuses. Era curandeira, conhecia o uso de plantas medicinais e a prática do exorcismo. Disseram que havia caminhos largos na selva, abertos pelas patas de centenas de elefantes, mas

agora restam pouquíssimos desses animais e a floresta engoliu os caminhos. Como disse Beyé-Dokou, os pigmeus tornaram-se escravos quando lhes arrebataram seu amuleto mágico.

— Sabe onde o amuleto está?

— É o osso talhado que vimos no cetro de Kosongo — explicou Nádia.

Discutiram durante um bom tempo, propondo ideias, cada qual mais arriscada que a anterior. Concordaram, finalmente, que o primeiro passo consistiria em recuperar o amuleto e devolvê-lo à tribo, para que esta recuperasse a confiança e a coragem. Talvez, então, os próprios pigmeus imaginassem um meio de libertar suas mulheres e seus filhos.

— Se conseguirmos o amuleto, irei buscar Beyé-Dokou na floresta — prometeu Alexander.

— Você se perderia.

— Meu animal totêmico me ajudará. O jaguar pode se localizar em qualquer lugar e é capaz de ver na escuridão — replicou ele.

— Irei com você.

— É um risco inútil, Águia. Se for sozinho, terei mais mobilidade.

— Não podemos nos separar. Lembre-se do que nos disse Ma Bangesé no mercado: se nos separarmos, morreremos.

— Acredita nisso?

— Acredito. A visão que tivemos foi uma advertência: em algum lugar nos espera um monstro de três cabeças.

— Não existem monstros de três cabeças, Águia.

— Como diria o xamã Walimai: *pode ser que sim e pode ser que não* — replicou ela.

— Bem, e como poremos a mão no amuleto?

— Dessa parte nos encarregaremos eu e Borobá — disse Nádia com grande segurança, como se fosse a tarefa mais simples do mundo.

O pequeno macaco era de uma habilidade incrível para roubar, o que, aliás, transformara-se num problema em Nova York. De vez em quando Nádia tinha de devolver objetos alheios que o animalzinho lhe trazia de presente. Mas, no caso do amuleto, seu mau costume poderia ser uma bênção. Borobá era pequeno, silencioso e muito hábil com as mãos.

O mais difícil seria descobrir onde guardavam o amuleto e depois burlar a vigilância. Jena, a primeira pigmeia com que conversara, dissera a Nádia que a peça estava na casa do rei, onde a tinha visto quando fora levada lá para fazer a limpeza.

Naquela noite os habitantes da aldeia estavam embriagados e a vigilância era mínima. Viram poucos soldados com armas de fogo, no caso apenas os da Irmandade do Leopardo, mas podia haver outros. Não sabiam de quantos homens dispunha Mbembelé, mas o fato de o comandante não ter aparecido na festa da tarde anterior podia significar que estivesse ausente de Ngoubé. Decidiram, pois, que deviam agir imediatamente.

— Kate não vai gostar nada disso, Jaguar — disse Nádia. — Lembre-se de que prometemos a ela que não íamos nos meter em confusões.

— Já nos metemos em uma bastante grave. Deixarei um bilhete para que saiba aonde vamos. Está com medo? — perguntou Alexander.

— Tenho medo de ir com você, mas tenho ainda mais medo de ficar aqui.

— Calce as botas, Águia. Necessitamos de uma lanterna, pilhas e pelo menos de uma faca. A selva está infestada de serpentes, acho que necessitamos de uma ampola de soro antiofídico. Acha que devemos tomar emprestado o revólver de Angie? – sugeriu Alexander.

— Pensa em matar alguém, Jaguar?

— Claro que não!

— E então?

— Está bem, Águia. Iremos desarmados — suspirou Alexander, resignado.

Puseram o necessário em suas mochilas, movendo-se silenciosamente entre as bagagens dos companheiros. Quando procurava o antídoto na bolsa de Angie, viram o anestésico para animais e, num impulso, Alexander o guardou no bolso.

— Para que quer isso? — perguntou Nádia.

— Não sei. Talvez seja útil.

Nádia saiu primeiro. Cruzou sem ser vista a curta distância iluminada pela tocha da porta e se ocultou nas sombras. Dali pensava em chamar a atenção dos guardas, para dar a Alexander oportunidade de segui-la, mas viu que o único guarda continuava a dormir; o outro não voltara. Para Alex e Borobá foi muito fácil reunir-se a ela.

A residência real era uma construção de barro e palha, composta de vários casebres. Dava a impressão de ser transitória. Para um soberano com alegados poderes divinos, que vivia coberto de ouro da cabeça aos pés, dono de um harém formado por numerosas mulheres, a modéstia do "palácio" era mais que suspeita. Nádia e Alex chegaram à conclusão de que o rei não pensava na possibilidade de envelhecer em Ngoubé. Por isso não havia construído algo mais elegante e mais cômodo. Quando acabassem o marfim e os diamantes, iria desfrutar de sua fortuna o mais longe possível.

A área destinada ao harém era protegida por uma paliçada, sobre a qual haviam fixado tochas, mais ou menos a cada dez metros, de forma a iluminar bem o local. As tochas eram pedaços de madeira com uma das extremidades coberta de resina, e delas desprendia-se uma fumaça negra, de cheiro penetrante.

Diante do cercado havia uma construção ainda maior, decorada com desenhos geométricos negros e provida de uma porta muito alta e muito larga.

Os dois jovens suspeitaram que ali morava o rei, pois o tamanho da porta permitia a passagem do estrado sobre o qual Kosongo ocupava seu trono. Decerto pisar no chão era proibido apenas do lado de fora, não dentro de casa; na intimidade, Kosongo devia andar com seus próprios pés, mostrar o rosto e falar sem necessidade de um intermediário, como uma pessoa normal. A pouca distância dali havia outro edifício retangular, largo e baixo, sem janelas, ligado à residência real por um corredor com telhado de palha; talvez fosse a caserna dos soldados.

Dois guardas bantos, armados com fuzis, caminhavam ao redor do edifício. Nádia e Alexander os observaram, de longe, durante um bom tempo, e chegaram à conclusão de que Kosongo não temia ser atacado, pois sua vigilância parecia de brincadeira. Ainda sob o efeito do vinho de palma, os guardas faziam sua ronda cambaleando, fumavam quando tinham vontade e paravam para conversar. Os adolescentes ainda viram os dois esvaziando uma garrafa, possivelmente de bebida alcoólica. Não viram nenhum soldado integrante da Irmandade do Leopardo, o que os deixou um pouco mais tranquilos, pois eles pareciam mais temíveis do que os guardas bantos. De qualquer modo, a ideia de entrar no edifício, sem saber o que encontrariam lá dentro, era uma temeridade.

— Você espera aqui, Jaguar, eu vou primeiro. Quando chegar o momento de mandar Borobá, aviso você com um grito de coruja — disse Nádia.

Alexander não gostou do plano, mas não dispunha de outro melhor. Nádia sabia mover-se sem ser vista, e ninguém desconfiaria de Borobá, pois a aldeia estava repleta de macacos. Com o coração na mão, despediu-se da amiga, que imediatamente desapareceu. Fez um esforço para vê-la e durante alguns segundos conseguiu, embora ela parecesse apenas um floco de lã flutuando na noite. Apesar da tensão, Alexander teve de sorrir, ao constatar o quanto a arte da invisibilidade podia ser efetiva.

Os guardas pararam para fumar, e ela se aproveitou de seu descuido para se aproximar de uma das janelas da residência real. Sem o menor esforço, subiu à barra da janela e dali deu uma olhada lá dentro. Estava escuro, mas um pouquinho de luz da lua e das tochas entrava pelas janelas, que eram apenas aberturas sem vidros nem persianas. Ao comprovar que não havia nada demais, deslizou para dentro.

Terminados seus cigarros, os guardas deram outra volta completa ao redor da residência real. E, finalmente, um grito de coruja quebrou a horrível tensão experimentada por Alexander. Ele soltou Borobá, que saiu disparado, rumo à janela na qual tinha visto sua dona pela última vez. Durante vários minutos, compridos como horas, nada aconteceu. De repente, como por encanto, Nádia surgiu ao lado dele.

— O que houve? — perguntou Alex, contendo-se para não lhe dar um abraço.

— Facílimo. Borobá sabe o que deve fazer.

— Quer dizer que você encontrou o amuleto?

— Kosongo deve estar em outro lugar, com alguma de suas mulheres. Havia uns homens adormecidos no chão e outros que jogavam cartas. O trono, o estrado, o manto, o chapéu, o cetro e as presas de elefante estão lá. Também vi uns cofres nos quais penso que guardam os enfeites de ouro — detalhou Nádia.

— E o amuleto?

— Estava no cetro, mas não pude retirá-lo, porque naquele momento havia perdido a invisibilidade. Agora Borobá fará o trabalho.

— Como?

Nádia apontou para a janela, da qual começava a sair uma nuvem de fumaça escura.

— Toquei fogo no manto real — respondeu Nádia.

Quase imediatamente começou uma gritaria, os guardas que estavam dentro da residência saíram correndo, vários soldados vieram da caserna e logo a aldeia inteira estava acordada. O lugar ficou lotado com pessoas que corriam com baldes de água, a fim de apagar o fogo. Borobá aproveitou-se da confusão para apoderar-se do amuleto e sair pela janela. Instantes depois, reunia-se a Nádia e Alexander, e os três seguiram para a floresta.

Sob as copas das árvores a escuridão era quase total. Apesar da visão noturna do jaguar, invocado por Alexander, era quase impossível avançar. Aquela era a hora das feras, das cobras e outros bichos peçonhentos deixarem seus abrigos em busca de alimento; o perigo mais imediato, porém, era o de cair em um pântano e ser engolido pelo lodo.

Alexander acendeu a lanterna e examinou o entorno. Não temia ser visto por alguém da aldeia, pois estava no meio de uma vegetação cerrada, mas tinha de economizar as pilhas. Avançaram devagar, lutando com raízes e cipós, evitando charcos, tropeçando em obstáculos invisíveis, envolvidos pelo rumor constante da floresta.

— E agora, o que faremos? — perguntou Alexander.

— Esperar que amanheça, Jaguar. Não podemos prosseguir com esta escuridão. Que horas são?

— Quase quatro — respondeu o garoto, consultando o relógio.

— Daqui a pouco haverá luz e poderemos prosseguir. Estou com fome, não consegui comer os ratos do jantar — disse Nádia.

— Se irmão Fernando estivesse aqui, diria que Deus proverá — riu Alexander.

Acomodaram-se o melhor possível entre umas touceiras de vegetação desconhecida. A umidade empapava suas roupas, os espinhos picavam seus corpos, os bichos caminhavam pelas copas acima de suas cabeças. Sentiam o roçar de animais que passavam deslizando junto a eles, ouviam asas batendo, a pesada respiração da terra.

Depois de sua aventura na Amazônia, Alexander não viajava sem levar um isqueiro, pois aprendera que a maneira mais rápida de acender um fogo não era esfregar dois pedacinhos de pau. Tentaram fazer uma pequena fogueira, a fim de secar as roupas e amedrontar as feras, mas como não havia madeira seca, logo desistiram.

— Este lugar está cheio de espíritos — disse Nádia.

— Acredita nisso?

— Sim. Mas não tenho medo deles. Lembra da esposa de Walimai? Era um espírito amistoso.

— Isso era na Amazônia, não sabemos como são os daqui. Por algum motivo, as pessoas têm medo deles — disse Alexander.

— Se está tentando me assustar, já conseguiu — replicou Nádia.

Alexander passou um braço pelos ombros da amiga e a apertou contra o peito, a fim de lhe passar calor e segurança. Este gesto, antes tão natural entre eles, agora possuía um novo significado.

— Finalmente Walimai se reuniu com a esposa — contou Nádia.

— Morreu?

— Sim, agora vivem os dois no mesmo mundo.

— Como você sabe?

— Lembra de quando caí naquele precipício e desloquei o ombro no Reino Proibido? Pois bem, Walimai me fez companhia até que você chegasse com Tensing e Dil Bahadur. Quando o xamã apareceu ao meu lado, eu soube que se tratava de um espírito e que agora ele pode viajar por este mundo e por outros — explicou Nádia.

— Era um bom amigo. Você podia chamá-lo soprando um apito, e ele sempre atendia — recordou Alexander.

— Se eu precisar, ele virá, como me ajudou no Reino Proibido — assegurou Nádia. — Os espíritos podem viajar para lugares distantes.

Apesar do temor e do desconforto, logo começaram a cochilar, esgotados, pois estavam praticamente vinte e quatro horas sem dormir. Tinham vivido muitas emoções fortes desde o momento em que o avião de Angie Ninderera sofrera o acidente. Não sabiam por quanto tempo descansaram, nem quantas cobras e outros animais passaram roçando seus corpos.

Acordaram sobressaltados, com Borobá puxando-lhes os cabelos e dando guinchos de terror. Ainda estava escuro. Alexander acendeu a lanterna e seu raio de luz bateu de cheio em um rosto negro, quase em cima do seu. Os dois, ele e a criatura, soltaram um grito simultâneo e se jogaram para trás. A lanterna caiu no chão, rolando, e passaram alguns segundos antes que ele a encontrasse. Nesse ínterim, Nádia conseguiu raciocinar e segurou o braço de Alexander, sussurrando-lhe que ficasse quieto. Sentiram a mão enorme que os tateou às cegas, agarrou Alexander pela camisa e o sacudiu com força descomunal. O garoto acendeu de novo a lanterna, mas não dirigiu seu foco para o atacante. Na penumbra, perceberam que se tratava de um gorila.

— *Tempo kachi*, seja feliz...

A saudação do Reino Proibido foi tudo que Alexander soube dizer, pois estava assustado demais para pensar. Nádia, porém, saudou o animal no idioma dos macacos, pois a reconheceu antes mesmo de vê-la, graças ao calor que irradiava e ao cheiro de grama recém-cortada em seu hálito. Era o gorila-fêmea que, dias antes, haviam livrado da armadilha, e, como naquela ocasião, levava seu bebê preso aos duros pelos da barriga. Ela os observava com olhos inteligentes e curiosos. Nádia se perguntou como ela poderia ter chegado até ali; devia ter percorrido muitos quilômetros de floresta, coisa pouco usual entre os gorilas.

O animal soltou Alexander e pousou a mão aberta no rosto de Nádia, empurrando-a suavemente, como se fizesse uma carícia. Sorrindo, ela devolveu o carinho com um empurrão semelhante, que não bastou para afastar a gorila nem meio centímetro, mas estabeleceu uma forma de diálogo. O animal virou-lhes as costas, andou alguns passos, retornou e, aproximando novamente a cara, emitiu uns grunhidos mansos e sem aviso prévio mordeu delicadamente uma orelha de Alexander.

— O que ela quer? — perguntou ele, alarmado.

— Que a sigamos. Ela quer nos mostrar alguma coisa.

Não tiveram de andar muito. De repente o animal deu um salto e subiu até uma espécie de ninho instalado nos galhos de uma árvore. Alexander dirigiu para lá o foco da lanterna, e um coro de grunhidos nada tranquilizadores respondeu ao seu gesto. No mesmo instante ele desviou a luz.

— Há vários gorilas naquela árvore — disse Nádia. — Deve ser uma família.

— Isso significa que há um macho e várias fêmeas com seus bebês. O macho pode ser perigoso.

— Se nossa amiga nos trouxe até aqui, é porque somos bem--vindos.

— O que faremos? Não sei, neste caso, qual é o protocolo que deve ser seguido por humanos e gorilas — brincou Alexander, sem contudo perder o nervosismo.

Esperaram longos minutos, imóveis embaixo da grande copa. Os grunhidos cessaram. Por fim, cansados, sentaram-se entre as raízes da imensa árvore, com Borobá grudado no peito de Nádia, tremendo de medo.

— Aqui podemos dormir tranquilos — assegurou Nádia. — Estamos protegidos. Ela quer nos pagar o favor que lhe fizemos.

— Você acredita, Águia, que entre animais haja tais sentimentos? — duvidou ele.

— Por que não? — replicou Nádia. — Os animais falam uns com os outros, formam famílias, amam seus filhos, agrupam-se em sociedades, têm memória. Borobá é muito mais esperto do que a maioria das pessoas que conheço.

— Já meu cachorro, o Poncho, é um bobão.

— Nem todo mundo tem o cérebro de Einstein, Jaguar.

— Poncho não tem, definitivamente. — Alexander sorriu.

— Mas Poncho é um dos teus melhores amigos. Entre animais a amizade também existe.

Dormiram profundamente, como se estivessem deitados em um colchão de penas; a proximidade dos grandes símios lhes dava uma sensação de absoluta segurança, de que não podiam estar mais bem protegidos.

Hora depois, quando despertaram, não sabiam onde se encontravam. Alexander olhou o relógio e caiu em si, passava das sete horas, tinha dormido muito mais do que planejaram. O calor do sol evaporava a umidade do solo, e a floresta, envolta em uma bruma quente, parecia uma sala de banho turco. Puseram-se de pé com um salto e olharam ao redor. A árvore dos gorilas estava deserta, e por um momento duvidaram da veracidade do que ocorrera na noite anterior. Podia ter sido um sonho; sim, mas lá estavam os ninhos entre os galhos; e, ao lado deles, depositados como oferendas, tenros brotos de bambu, alimento preferido dos gorilas. E, como se isto não bastasse, compreenderam que do fundo da floresta eram observados por vários pares de olhos negros. A presença dos gorilas era tão próxima, tão palpável que não necessitavam vê-los para saber que os vigiavam.

— *Tempo kachi* — despediu-se Alexander.

— Obrigada — disse Nádia na língua de Borobá.

A resposta foi um rugido longo e rouco, procedente do verde impenetrável da selva.

— Creio que esse grunhido é um sinal de amizade — disse Nádia, rindo.

O amanhecer se anunciou na aldeia de Ngoubé com uma neblina espessa como fumaça, que penetrou pela porta e pelas aberturas que serviam de janelas. Apesar dos incômodos do local, os viajantes dormiram profundamente e não chegaram a saber que houvera um princípio de incêndio na residência do rei. Kosongo não teve muito de que se lamentar, pois as chamas foram logo apagadas. Mas, depois que a fumaça se dissipou, viram que o fogo havia começado no manto real, o que foi tomado como péssimo augúrio, estendendo-se a umas peles de leopardo, que se mostraram excelente combustível, e produziram uma densa nuvem de fumaça. Mas de tudo isso os prisioneiros só souberam várias horas mais tarde.

A claridade dos primeiros raios de sol se filtrava pelas palhas do telhado. À luz da aurora, os prisioneiros puderam examinar o que havia ao redor de si e comprovar que se encontravam em uma palhoça longa e estreita, com grossas paredes de barro escuro. De uma delas pendia um calendário do ano anterior, aparentemente gravado a ponta de faca. Em outra parede puderam ver uma tosca cruz de madeira e ler versículos do Novo Testamento.

— É aqui a missão, tenho certeza! — disse irmão Fernando, emocionado.

— Como sabe? — perguntou Kate.

— Não tenho dúvidas. Olhem para isto...

Tirou da mochila um papel várias vezes dobrado e o abriu cuidadosamente. Era um desenho a lápis, feito pelos missionários desaparecidos. Via-se claramente a praça central da aldeia, a Árvore das Palavras, com o trono de Kosongo, as choças, os currais, uma construção maior, marcada como a residência do rei, outra semelhante, usada como caserna para os soldados. No ponto exato em que se encontravam, o desenho indicava a sede da missão.

— Aqui os irmãos deviam manter a escola e dar assistência aos doentes. Bem perto daqui deve haver um poço e uma horta plantada por eles.

— Para que queriam um poço, se aqui chove de minuto em minuto? Sobra água por toda parte — comentou Kate.

— O poço não foi feito por eles, estava aqui. Os irmãos se referiam ao poço, pondo a palavra entre aspas como se fosse algo especial. O que sempre me pareceu muito estranho

— O que terá acontecido com eles? — perguntou Kate.

— Não sairei daqui sem investigar — disse irmão Fernando, resoluto. — Tenho que ver o comandante Mbembelé.

Para o desjejum, os guardas trouxeram um cacho de bananas e um jarro de leite salpicado de moscas. Voltaram, em seguida, aos seus postos diante da porta, indicando assim que os estrangeiros não tinham autorização para sair. Kate arrancou uma banana do cacho, a fim de oferecê-la a Borobá. Nesse momento, todos perceberam que Nádia, Alexander e o macaquinho não estavam entre eles.

Kate sentiu-se muito alarmada ao comprovar que Nádia e seu neto não estavam na choça com o restante do grupo e que ninguém os tinha visto desde a noite anterior.

— Talvez os jovens estejam dando uma volta por aí — sugeriu irmão Fernando, sem muita convicção.

Kate saiu como se estivesse possuída e passou pela porta antes que o guarda pudesse detê-la. Lá fora a aldeia despertava, mulheres e alguns meninos já circulavam, mas não se viam homens, pois estes não trabalhavam. Viu de longe as pigmeias que haviam dançado na noite anterior; umas iam buscar água no rio, outras se dirigiam às choças dos bantos ou às plantações.

Correu a fim de perguntar pelos jovens ausentes, mas não conseguiu comunicar-se com elas, ou elas não quiseram responder. Percorreu o povoado inteiro, chamando aos gritos Nádia e Alexander, mas não os viu em lugar nenhum; tudo que conseguiu com seu alvoroço foi acordar as galinhas e chamar a atenção de dois soldados da guarda de Kosongo, que naquele momento começavam suas rondas. Eles a agarraram pelos braços e, sem maiores cerimônias, levaram-na suspensa em direção ao conjunto de residências reais.

— Estão levando Kate! — gritou Angie, ao ver a cena de longe.

Pôs o revólver na cintura, apanhou o rifle e sinalizou aos demais que a seguissem. Não deviam agir como prisioneiros, disse Angie, mas como hóspedes. O grupo separou a empurrões os dois homens que vigiavam a porta e correu na direção do local para onde haviam levado a escritora.

Enquanto isso, os soldados mantinham Kate deitada no chão e se dispunham a moê-la de pancadas, mas não tiveram tempo para isto, pois seus amigos irromperam no local falando em espanhol, inglês e francês. A atrevida atitude dos estrangeiros desconcertou os soldados; não costumavam ser contrariados. Existia uma lei em Ngoubé: não se podia tocar em um soldado de Mbembelé. Se alguém incorresse no erro por casualidade, pagava com uma surra; se o fizesse de propósito, pagava com a vida.

— Queremos ver o rei! — exigiu Angie, recebendo a aprovação dos companheiros.

Irmão Fernando ajudou Kate a levantar-se do chão. Uma cãibra à altura das costelas entortava-lhe o tronco. Para recuperar a capacidade de respirar, ela mesma aplicou dois socos na lateral do corpo.

Achavam-se em uma grande palhoça de barro, com piso de terra batida, sem qualquer mobiliário. Nas paredes havia cabeças de leopardos embalsamadas e, em um dos cantos, um altar com fetiches de vodu. Em outro canto, sobre um tapete vermelho, havia uma geladeira e um aparelho de televisão, símbolos de riqueza e modernidade, mas inúteis, pois em Ngoubé não havia eletricidade. A edificação tinha duas portas e várias aberturas pelas quais entrava um pouco de luz.

Nesse instante ouviram-se vozes, e os soldados se empertigaram. Os estrangeiros voltaram-se para uma das portas, pela qual entrou um homem com aspecto de gladiador. Não tiveram dúvida de que se tratava do célebre Maurice Mbembelé. Era muito forte e muito alto, tinha músculos de levantador de pesos, pescoço e ombros descomunais, maçãs do rosto salientes, lábios grossos e bem delineados, nariz quebrado de boxeador, o crânio raspado. Não viram seus olhos, pois ele usava óculos de sol com lentes espelhadas, que lhe davam um aspecto particularmente sinistro. Usava calça militar, botas, um cinturão largo de couro negro e estava nu da cintura para cima. Trazia bem visíveis as cicatrizes da Irmandade do Leopardo e levava nos braços as já conhecidas tiras de pele do mesmo animal. Era seguido por dois soldados tão altos quanto ele.

Ao ver os poderosos músculos do comandante, Angie deixou cair o queixo, tal foi a sua admiração; no mesmo instante, sua fúria desapareceu e ela ficou tímida como uma colegial.

Percebendo que estava a ponto de perder sua melhor aliada, Kate Cold deu um passo à frente e disse:

— Comandante Mbembelé, suponho.

O homem não respondeu. Limitou-se a olhar para a forasteira com expressão inescrutável, como se usasse máscara.

— Comandante, duas pessoas de nossa comitiva desapareceram — comunicou Kate.

O militar acolheu a notícia com um silêncio gélido.

— São os dois jovens, meu neto Alexander e sua amiga Nádia — acrescentou Kate.

— Queremos saber onde estão — disse Angie, quando se recuperou da flechada de paixão que a deixara momentaneamente muda.

— Não podem ter ido muito longe — balbuciou Kate. — Devem estar na aldeia.

A escritora tinha a sensação de que afundava em um lamaçal; havia perdido o equilíbrio, sua voz tremia. O silêncio tornou-se insuportável. Ao cabo de um minuto, que pareceu interminável, ouviram a voz firme do comandante:

— Os guardas que se descuidaram serão castigados.

E disso não passou. Deu meia-volta e se foi por onde havia chegado, seguido pelos seus dois acompanhantes e pelos soldados que haviam maltratado Kate. Eles riam e faziam comentários. Irmão Fernando e Angie captaram parte do que diziam: os garotos brancos que haviam escapado eram completamente idiotas — morreriam na floresta, devorados por feras ou por fantasmas.

Já que ninguém os vigiava, nem parecia se interessar por eles, Kate e seus companheiros regressaram à palhoça que lhes haviam designado como residência.

— Os garotos viraram fumaça! Sempre me causam problemas! Mas eu juro que vão me pagar! — exclamou Kate, arrancando alguns dos cabelos cinzentos que coroavam sua cabeça.

— Não jure, mulher. É melhor rezarmos — propôs irmão Fernando.

Ajoelhou-se entre as baratas que passeavam tranquilas pelo piso e se pôs a rezar. Ninguém o acompanhou, estavam todos ocupados, fazendo conjecturas e traçando planos.

Angie opinava que a única providência razoável era falar com o rei, para que lhes desse uma canoa, pois de outro modo não sairiam da aldeia. Joel González acreditava que o rei não mandava na aldeia, e sim o comandante Mbembelé, que não parecia disposto a ajudá-los; assim, talvez o mais conveniente fosse conseguir que os pigmeus os guiassem pelas trilhas secretas da floresta, que só eles conheciam. Kate, porém, não pensava em sair dali enquanto os dois jovens não voltassem.

De repente, irmão Fernando, que ainda estava de joelhos, interveio para mostrar uma folha de papel que, ao se ajoelhar para rezar, havia encontrado em cima de uma das bagagens. Kate a arrebatou, aproximou-se de um dos buracos por onde a luz entrava e logo exclamou:

— É de Alexander!

Com voz emocionada, a escritora leu a breve mensagem de seu neto: "Nádia e eu estamos tentando ajudar os pigmeus. Tratem de distrair Kosongo. Não se preocupem, voltaremos logo."

— Aqueles meninos ficaram loucos — comentou Joel González.

— Não ficaram, esse é o estado natural deles — gemeu a avó.

— E agora, o que poderemos fazer?

— Não diga para rezarmos, irmão Fernando. Deve haver algo mais prático a fazer! — exclamou Angie.

— Não sei o que pretende fazer, senhorita. Quanto a mim, tenho certeza de que os garotos voltarão. Enquanto isso, vou aproveitar o tempo para averiguar o que aconteceu com meus irmãos missionários — replicou o padre, pondo-se de pé e sacudindo as baratas que haviam subido em sua calça.

OS CAÇADORES

Vagaram por entre as árvores, sem saber para onde se dirigiam. Alexander descobriu uma sanguessuga grudada na perna, estufada com seu sangue, e livrou-se dela sem fazer alvoroço. Ele as conhecia desde a viagem à Amazônia e já não as temia, mas mesmo assim elas ainda lhe causavam repugnância.

Na vegetação exuberante não havia como se orientar, tudo parecia igual. As únicas manchas de outras cores naquele verde interminável da selva eram as orquídeas e pássaros de plumagem alegre, que cruzavam o espaço com seus voos fugazes.

Pisavam em um terreno avermelhado e mole, ensopado pela chuva e semeado de obstáculos, no qual podiam, a qualquer momento, dar uma passada em falso. Havia pântanos traiçoeiros, ocultos sob um manto de folhas flutuantes. Tinham de separar os cipós, que em alguns locais formavam verdadeiras cortinas, e evitar os afiados espinhos de algumas plantas.

Apesar de tudo, a selva não era tão impenetrável como lhes parecera antes. Havia claros entre as copas das árvores, pelos quais se filtravam os raios do sol.

Alexander levava a faca na mão, disposto a cravá-la no primeiro animal comestível que se pusesse ao seu alcance, mas nenhum lhe deu essa satisfação. Vários ratos passaram por entre suas pernas; infelizmente eram muito velozes. Os dois tiveram de aplacar a fome com uns frutos desconhecidos e de sabor amargo. Uma vez que Borobá se dispusera a comê-los, concluíram que não eram daninhos, e o imitaram.

Temiam perder-se, e de fato já estavam perdidos. Não tinham a menor ideia de como regressar a Ngoubé, nem de como encontrar os pigmeus. Sua esperança era de que estes os encontrassem.

Levaram várias horas se deslocando sem rumo fixo, cada vez mais perdidos e angustiados, quando de repente Borobá se pôs a soltar seus guinchos. O macaco havia adquirido o costume de se sentar sobre a cabeça de Alexander, com a cauda enrolada em seu pescoço e agarrado em suas orelhas, pois daquele posto via melhor o mundo que dos braços de Nádia. Alexander o sacudia, a fim de livrar-se dele, mas ao primeiro descuido Borobá voltava a se instalar em seu lugar favorito.

Por estar montado em Alexander, pôde ver as pegadas. Estavam apenas a um metro de distância, mas eram quase invisíveis. Eram pegadas deixadas por pés muito grandes, que esmagavam tudo em sua passagem e iam abrindo uma espécie de vereda. Os dois imediatamente as reconheceram, pois as tinham visto no safári de Michael Mushaha.

— É o rastro de um elefante — disse Alexander, esperançoso. — E havendo um elefante por aqui, com certeza os pigmeus estarão por perto.

O elefante fora fustigado durante vários dias. Os pigmeus perseguiam a presa, cansando-a até debilitá-la por completo; em seguida dirigiam-na para as redes, cercavam-na e depois a atacavam. Aquele animal tivera apenas uma trégua: quando Beyé-Dokou e seus companheiros haviam se distraído para conduzir os forasteiros à aldeia de Ngoubé. Naquela tarde e em parte da noite seguinte, o elefante tratou de voltar aos seus domínios, mas estava fatigado e confuso. Os caçadores o haviam obrigado a penetrar em terreno desconhecido; ele andava em círculos, não conseguia encontrar o caminho. A presença de seres humanos, com lanças e redes, anunciava seu fim. O instinto o advertia, mas ele continuava a marchar, pois ainda não se resignara a morrer.

Há milhares e milhares de anos o elefante enfrenta o caçador. Na memória genética dos dois está gravada a cerimônia trágica da caça, na qual se dispõem a matar ou morrer. A vertigem diante do perigo é fascinante para ambos. No momento culminante da caçada, a natureza sustém a respiração, a selva se cala, o vento desvia e, finalmente, quando se decide a sorte de um dos dois, o coração do homem e o do animal palpitam no mesmo ritmo.

O elefante é o rei da floresta, a fera maior e mais pesada, a mais respeitável, aquela que não tem oponente à sua altura. Seu único inimigo é o homem, uma criatura pequena, vulnerável, sem garras nem presas; uma criatura que o grande animal pode esmagar com uma pata, como se fosse uma lagartixa. Por que essa criatura insignificante se atreve a barrar seu caminho? Mas uma vez começado o ritual da caçada, não haverá mais tempo para atentar na ironia da situação; o caçador e sua presa sabem que aquela dança só poderá terminar com a morte.

Muito antes de Nádia e Alexander, os caçadores já haviam descoberto o rastro de vegetação esmagada e galhos de árvores arrancadas pela raiz. Fazia muitas horas que seguiam o elefante, movimentando-se em perfeita coordenação, a fim de cercá-lo de uma distância prudente. Tratava-se de um macho velho e solitário, dotado de presas enormes. Eles eram somente uma dezena de pigmeus, com armas primitivas, mas não estavam dispostos a permitir que o animal escapasse. Em tempos normais, as mulheres encarregavam-se de cansar o animal e encaminhá-lo para as armadilhas, onde os homens aguardavam.

Anos antes, quando ainda eram livres, havia sempre uma cerimônia para pedir a ajuda dos antepassados e agradecer ao animal por se entregar à morte. Mas, desde que Kosongo impusera o reino do terror, nada era igual ao que fora. Mesmo a caça, a mais antiga e fundamental atividade da tribo, havia perdido seu caráter sagrado, para se transformar em uma simples matança.

Alexander e Nádia ouviram longos bramidos e perceberam a vibração que as enormes patas produziam no solo. Àquela altura, os personagens já haviam dado início ao ato final: as redes imobilizavam o elefante, e as primeiras lanças eram cravadas em seu corpo.

Um grito de Nádia deteve os caçadores, que permaneceram com as armas em posição de lançamento, enquanto o elefante se debatia furioso, gastando na luta suas últimas energias.

— Não o matem! Não o matem! — gritava Nádia.

A jovem se pôs entre os homens e o animal, com os braços erguidos. Os pigmeus refizeram-se rapidamente da surpresa e trataram de afastá-la, mas nesse momento Alexander entrou em cena.

— Basta! Parem! — gritou o garoto, mostrando-lhes o amuleto.

— Ipemba-Afuá! — exclamaram os caçadores, prostrando-se diante do símbolo sagrado de sua tribo, que durante muito tempo estivera nas mãos de Kosongo.

Alexander compreendeu: aquele osso talhado era mais valioso do que o pó existente dentro dele; mesmo que estivesse vazio, a reação dos pigmeus seria a mesma. O objeto havia passado pelas mãos de muitas gerações e lhe atribuíam poderes mágicos. Era imensa a dívida dos pigmeus com Nádia e Alexander por lhes terem trazido Ipemba-Afuá de volta. Nada podia ser negado àqueles jovens forasteiros que haviam resgatado a alma da tribo.

Antes de entregar o amuleto a eles, Alexander explicou por que não deviam matar o animal, que já estava vencido nas redes.

— Restam pouquíssimos elefantes na floresta, daqui a pouco estarão extintos. E aí vocês irão fazer o quê? Não haverá mais marfim para resgatar seus filhos da escravidão. A solução não está no marfim, mas em eliminar Kosongo e libertar de uma vez suas famílias — disse o jovem.

Alexander acrescentou que Kosongo era um homem comum, a terra não tremia quando era tocada pelos seus pés; ele não podia matar com o olhar, nem com a voz. Seu único poder era o que as pessoas lhe davam. Se ninguém o temesse, Kosongo se tornaria pequeno.

— E Mbembelé? E os soldados? — perguntaram os pigmeus.

Alexander admitiu que nem ele nem Nádia tinham visto o comandante e que os membros da Irmandade do Leopardo pareciam perigosos.

— Mas, se vocês têm coragem para caçar elefantes apenas com essas lanças, também poderão desafiar Mbembelé e seus homens — acrescentou.

— Vamos à aldeia — propôs Beyé-Dokou. — Com Ipemba-Afuá e nossas mulheres poderemos vencer o rei e o comandante.

Em sua condição de *tuma* — melhor caçador —, contava com o respeito dos companheiros, mas não tinha autoridade para dar ordens. Os caçadores começaram a discutir e, apesar da seriedade do assunto, logo começaram a rir. Alexander pensou que seus novos amigos estavam perdendo um tempo precioso.

— Libertaremos suas mulheres, para que lutem conosco. Meus amigos também ajudarão. E podem contar, na certa, com algum truque de minha avó — prometeu Alexander.

Beyé-Dokou traduziu suas palavras, mas não conseguiu convencer os companheiros. Pensavam que o patético grupo de estrangeiros não seria muito útil na hora de lutar. A avó também não os impressionava, era apenas uma velha de cabelos eriçados e olhos de louca. De sua parte, eles podiam ser contados nos dedos, e dispunham apenas de lanças e redes, ao passo que os inimigos eram numerosos e tinham muito poder.

— As mulheres me disseram que nos tempos da rainha Nana-Asantê os pigmeus e os bantos eram amigos — lembrou Nádia.

— É verdade — confirmou Beyé-Dokou.

— Os bantos também vivem aterrorizados em Ngoubé. São maltratados por Mbembelé, que os tortura e mata quando não obedeçam. Se pudessem, eles se livrariam de Kosongo e do comandante. Talvez fiquem do nosso lado — sugeriu a garota.

— Mesmo que os bantos nos ajudem e derrotemos os soldados, restará Sombê, o feiticeiro — disse Beyé-Dokou.

— Também poderemos vencê-lo! — exclamou Alexander.

Mas os caçadores rejeitaram, enfáticos, a ideia de desafiar Sombê, e explicaram em que consistiam seus terríveis poderes: comia fogo, andava sobre brasas, caminhava pelo ar, transformava-se em sapo, sua saliva era mortal. Enredavam-se nas limitações da mímica, mas Alexander conseguiu entender que o bruxo se punha de quatro e vomitava, o que não lhe parecia nada do outro mundo.

— Não se preocupem, amigos, nós nos encarregaremos de Sombê — prometeu Alexander, com excesso de confiança.

Entregou-lhes o amuleto mágico, que eles receberam alegres e comovidos. Fazia anos que esperavam por aquele momento.

Enquanto Alexander argumentava com os pigmeus, Nádia aproximara-se do elefante ferido e procurava tranquilizá-lo, falando-lhe no idioma aprendido com Kobi, o elefante do safári. O grande animal estava nos limites de suas forças; corria sangue da lateral de seu corpo, onde fora atingido pelas lanças dos pigmeus, e da tromba, com a qual açoitava o chão. A voz da garota, que falava em sua língua, parecia vir de muito longe, como se a ouvisse em sonhos. Era a primeira vez que enfrentava seres humanos e não esperava que falassem como ele. Por puro cansaço, acabou prestando atenção ao que ela dizia.

Lenta, mas sem vacilações, a voz da jovem atravessou a densa barreira de dor, terror e desespero, e alcançou seu cérebro. Aos poucos o elefante se acalmou e deixou de se debater dentro da rede. Depois de algum tempo se aquietou por completo, fixou os olhos em Nádia e abanou as grandes orelhas. O cheiro de medo que dele se desprendia alcançou Nádia como um soco; ela, porém, continuou a falar, certa de que ele a entendia. Para assombro dos homens, o elefante começou a responder; e imediatamente eles deixaram de duvidar que a adolescente e o animal se comunicavam.

— Façamos um trato — propôs Nádia aos caçadores. — Em troca de Ipemba-Afuá, vocês garantem que o elefante viverá.

Para os pigmeus o amuleto era muito mais valioso que o marfim do elefante, mas não sabiam como desembaraçá-lo das redes sem morrerem esmagados pelas patas ou atravessados pelas presas que pretendiam levar a Kosongo. Nádia garantiu que podiam fazê-lo sem perigo. Enquanto isso, Alexander se aproximou do animal, a fim de examinar as feridas que as lanças tinham aberto em sua grossa pele.

— Ele perdeu muito sangue — anunciou o garoto —, está desidratado e essas feridas poderão infeccionar. Tenho medo de que seu destino seja uma morte lenta e dolorosa.

Então Beyé-Dokou tomou o amuleto e aproximou-se do animal. Retirou a pequena tampa que fechava uma das extremidades de Ipemba-Afuá, inclinou o osso e o agitou como se fosse um saleiro, enquanto outro caçador abria as mãos para receber um pó esverdeado. Por meio de gestos, disseram a Nádia que aplicasse o pó no animal, pois nenhum deles teria coragem de tocar no elefante. Nádia explicou ao ferido que pretendiam curá-lo, e quando percebeu que ele havia compreendido, pôs o pó nos profundos cortes deixados pelas lanças.

As feridas não se fecharam magicamente, como ela esperava, mas em poucos minutos deixaram de sangrar. O elefante voltou a cabeça, a fim de apalpar as costas com a tromba, mas Nádia lhe disse que não devia se tocar.

Então os pigmeus sentiram-se encorajados a livrar o animal das redes, tarefa bem mais complicada que fazê-lo cair nelas. Ao que parecia, ele se resignara ao seu destino, talvez tivesse chegado mesmo a cruzar a fronteira entre a vida e a morte. E agora estava milagrosamente livre. Deu uns passos incertos e em seguida avançou para a floresta, cambaleando. No último instante, antes de desaparecer em meio às árvores, voltou-se para Nádia e, observando-a com um olhar de incredulidade, ergueu a tromba e soltou um bramido.

— O que foi que ele disse? — perguntou Alex.

— Que se precisarmos de ajuda é só chamá-lo — respondeu Nádia.

Logo seria noite. Nádia comera pouquíssimo nos últimos dias, e Alexander sentia tanta fome quanto ela. Os caçadores descobriram pegadas de um búfalo, mas não seguiram a trilha porque era um animal perigoso e andavam em manada. Os búfalos tinham línguas ásperas como lixa, disseram eles;

podiam lamber um homem até deixá-lo sem um fio de carne sobre os ossos. Os pigmeus não podiam caçá-los sem a ajuda de suas mulheres.

Eles conduziram Nádia e Alexander até um conjunto de minúsculos casebres, feitos com ramos e folhas. Não parecia possível que fossem habitadas por seres humanos. Mas o fato era que não construíam casas mais sólidas por serem nômades, estarem separados de suas famílias e terem de ir cada vez mais longe em busca de elefantes. A tribo nada possuía, nada além daquilo que cada um pudesse levar consigo. Os pigmeus produziam somente os objetos básicos que servissem para caçar e lhes permitissem viver na floresta; o resto era obtido mediante barganha. Devido ao fato de não se interessarem pela civilização, outras tribos acreditavam que eles viviam como os símios.

Os caçadores retiraram de um buraco metade de um antílope, coberta de terra e insetos. O animal fora caçado dois dias antes. Depois de terem comido uma parte, haviam enterrado o restante, para evitar que outros animais o arrebatassem. Ao verem que a carne continuava ali, puseram-se a cantar e dançar. Nádia e Alexander puderam comprovar, uma vez mais, que, apesar dos sofrimentos, aquela gente era muito alegre quando estava na floresta; tudo era pretexto para uma brincadeira, uma história, uma boa gargalhada. A carne estava meio esverdeada e dela vinha um cheiro fétido, mas graças ao isqueiro de Alexander e a habilidade dos pigmeus para encontrar combustível seco, puderam acender uma pequena fogueira, na qual a assaram. Com o mesmo entusiasmo, os pigmeus comeram também larvas, insetos, vermes e formigas que antes devoravam a carne, agora considerada por eles uma verdadeira delícia; a refeição foi complementada com frutos selvagens, nozes e água recolhida nos pequenos poços encontrados ao redor.

— Minha avó advertiu que água suja pode provocar cólera — disse Alexander, que bebia com as mãos em concha, pois estava morto de sede.

— Talvez provoque apenas em você, que é muito delicado — brincou Nádia. — Mas não em mim, que nasci na Amazônia. Sou imune às doenças tropicais.

Perguntaram a Beyé-Dokou se estavam longe de Ngoubé, mas ele não foi capaz de dar uma resposta precisa, pois para os pigmeus a distância era medida em horas e dependia da velocidade com a qual se deslocavam. Cinco horas caminhando equivaliam a duas correndo. Beyé-Dokou também não soube indicar a direção, pois jamais possuíra uma bússola, um mapa e nada sabia sobre pontos cardeais. Orientava-se pela natureza e podia reconhecer cada árvore em um território de centenas de hectares.

Explicou que só eles, os pigmeus, tinham nomes para todas as árvores, plantas e animais; as outras pessoas pensavam que a floresta era apenas um emaranhado verde e pantanoso. Os soldados e os bantos só se aventuravam até a área situada entre a aldeia e a bifurcação do rio, onde estabeleciam contato com o exterior e faziam negócios com os contrabandistas.

— O comércio de marfim está proibido no mundo inteiro — lembrou Alexander. — Como conseguem retirá-lo da região?

Beyé-Dokou informou que Mbembelé subornava as autoridades e contava com uma rede de cúmplices ao longo do rio. Atavam as presas de elefantes embaixo das canoas, e assim, escondidas dentro da água, eram transportadas em pleno dia. Os diamantes iam no estômago dos contrabandistas. Eram engolidos com a ajuda de um bolo de mandioca e algumas colheradas de mel; dois dias depois, quando se encontravam em lugar seguro, eliminavam o pacotinho pela outra extremidade, método algo repugnante, porém seguro.

Os caçadores contaram aos jovens estrangeiros como era a vida nos tempos anteriores a Kosongo, quando Nana-Asantê governava em Ngoubé. Nessa época não havia ouro, não se traficava marfim; os bantos viviam do café, que levavam pelos rios, a fim de vendê-lo nas cidades enquanto os pigmeus permaneciam a maior parte do ano caçando na floresta. Os bantos plantavam mandioca e hortaliças, que trocavam por carne com os pigmeus. Celebravam junto suas festas. A miséria era a mesma, mas pelo menos viviam em liberdade.

Às vezes chegavam embarcações trazendo coisas da cidade, mas os bantos faziam poucas compras, pois eram muito pobres; e os pigmeus não se interessavam por nada daquilo. O governo os esquecera, e só de vez em quando lhes mandava uma enfermeira com vacinas, ou um professor com a intenção de fundar uma escola, ou um funcionário com a promessa de instalar uma rede elétrica. No entanto, estes iam logo embora; não suportavam a distância da civilização, contraíam doenças, enlouqueciam. Os únicos a permanecer tinham sido o comandante Mbembelé e seus soldados.

— E os missionários? — quis saber Nádia.

— Eram fortes e também conseguiram ficar. Mas, quando chegaram, Nana-Asantê não estava mais lá. Mbembelé os expulsou. Ainda assim eles não foram embora. Tentaram ajudar nossa tribo. Depois desapareceram — contaram os caçadores.

— Como a rainha? — perguntou Alexander.

— Não, não como a rainha — responderam, mas não quiseram dar mais explicações.

A ALDEIA DOS ANTEPASSADOS

Para Nádia e Alexander aquela era a primeira noite passada inteiramente na floresta. A anterior fora a da festa de Kosongo. Antes de sair da aldeia, Nádia havia visitado as pigmeias escravizadas, roubado o amuleto e incendiado a residência real. Com tanto a fazer, aquela primeira noite não fora muito longa. Já a segunda parecia eternizar-se.

Sob as copas das árvores, a luz ia cedo e voltava tarde. Estiveram mais de dez horas encolhidos nos inseguros refúgios dos caçadores, expostos à umidade, aos insetos, à proximidade dos animais selvagens. Nada disso, porém, incomodava os pigmeus, que temiam única e exclusivamente os fantasmas.

A primeira luz da aurora surpreendeu Nádia. Alexander e Borobá já estavam acordados e famintos. Do antílope assado restavam apenas alguns ossos carbonizados, e não se atreveram a comer mais frutas, pois elas já lhes provocavam dores de barriga. Decidiram, então, não pensar em comida.

Os pigmeus acordaram em seguida, e durante muito tempo, sentados em círculo, conversaram em seu próprio idioma. Como não tinham um chefe, as decisões exigiam horas de discussão, mas assim que se punham de acordo, agiam como se fossem um só. Graças à sua espantosa facilidade para as línguas, Nádia entendeu o sentido geral da conferência. Já Alexander captou apenas alguns nomes que conhecia: Ngoubé, Ipemba-Afuá, Nana-Asantê. Por fim, a animada reunião chegou ao fim, e os jovens estrangeiros puderam conhecer o plano dos pigmeus.

Dentro de dois dias os contrabandistas chegariam para recolher o marfim ou levar os filhos dos pigmeus. Isto significava que deviam atacar Ngoubé no prazo máximo de trinta e seis horas. O mais urgente e mais importante a fazer, decidiram, era realizar uma cerimônia com o amuleto sagrado, a fim de pedir proteção aos antepassados e também a Ezenji, o Grande Espírito da floresta, da vida e da morte.

— Passamos perto da aldeia dos antepassados quando chegamos a Ngoubé? — perguntou Nádia.

Beyé-Dokou confirmou que, sim, os antepassados viviam em um local entre o rio e Ngoubé. Do local onde se encontravam, teriam de caminhar várias horas para chegar lá. Alexander lembrou-se de que sua avó, Kate, quando era jovem, havia percorrido o mundo carregando a mochila nas costas e dormindo em cemitérios, lugares mais seguros, pois neles ninguém entrava durante a noite. A aldeia dos espectros era o local perfeito para preparar o ataque a Ngoubé. Lá estariam a pequena distância do objetivo, e em completa segurança, pois Mbembelé e seus soldados jamais se aproximariam daquele lugar.

— Este é um momento muito especial, o mais importante da história da tribo de vocês. Talvez devessem fazer a cerimônia na aldeia dos antepassados — sugeriu Alexander.

Os caçadores reagiram com pasmo ante a absoluta ignorância do jovem forasteiro, e perguntaram-lhe se em seu país era costume faltar com o respeito aos antepassados. Alexander teve de admitir que nos Estados Unidos os antepassados ocupavam uma posição insignificante na escala social.

Os pigmeus explicaram, então, que o vilarejo dos espíritos era um lugar proibido, qualquer humano que lá entrasse logo morreria. Iam lá apenas para levar os mortos. Quando alguém da tribo falecia, realizava-se uma cerimônia com um dia e uma noite de duração. Em seguida, as mulheres mais velhas envolviam o corpo em folhas e trapos, amarravam-no com cordas feitas da fibra de certa árvore, a mesma que usavam para confeccionar suas redes, e o levavam para descansar com os antepassados. Aproximavam-se rapidamente da aldeia, depositavam sua carga no chão e saíam correndo o mais depressa possível.

Isso era feito sempre de manhã, quando já fosse plena a luz do dia, e depois de numerosos sacrifícios. Aquela era a única hora segura, pois os fantasmas viviam à noite e dormiam durante o dia. Se tratassem os antepassados com o devido respeito, os fantasmas não molestariam os humanos; caso fossem ofendidos, eles não perdoariam. Por estarem mais próximos, os fantasmas eram mais temidos do que os deuses.

Angie Ninderera havia explicado a Nádia e Alexander que na África é permanente a relação entre os seres humanos e o mundo espiritual. "Os deuses africanos são mais compassivos e mais razoáveis do que os deuses de outros povos", dissera a aviadora. "Não castigam, como o deus dos cristãos. Não dispõem de um inferno, no qual as almas possam sofrer por toda a eternidade. O pior que pode acontecer a uma alma africana é vagar perdida e solitária. Um deus africano jamais mandaria seu único filho morrer na cruz para salvar os humanos de seus pecados, que ele pode apagar com um simples gesto. Os deuses africanos não criaram os seres humanos à sua imagem; também não os amam, mas em compensação eles os deixam em paz. Já os espíritos são mais perigosos, pois têm os mesmos defeitos das pessoas, são avaros, cruéis e ciumentos. Para mantê-los tranquilos é necessário presenteá-los de vez em quando. Não pedem muito; contentam-se com dois dedos de aguardente, um charuto, o sangue de um galo."

Os pigmeus acreditavam ter cometido alguma ofensa grave aos seus antepassados, e esta seria a razão pela qual padeciam nas mãos de Kosongo. Não sabiam em que a ofensa consistia, nem tinham ideia de como repará-la; supunham, no entanto, que sua sorte mudaria se conseguissem aplacar a ira dos mortos.

— Poderíamos ir à aldeia deles, a fim de perguntar por que se julgam ofendidos e o que querem de vocês — sugeriu Alexander.

— São fantasmas! — exclamaram os pigmeus, horrorizados.

— Nádia e eu não temos medo de fantasmas. Poderemos falar com eles. Talvez nos ajudem. Afinal, todos aqui são seus descendentes... eles devem ter alguma simpatia por vocês, não?

A ideia foi rejeitada de pronto, mas os jovens insistiram e, depois de uma longa discussão, os caçadores concordaram em acompanhá-los até as proximidades da aldeia proibida. Mas permaneceriam ocultos na floresta, onde prepariam suas armas e fariam uma cerimônia, enquanto os forasteiros tentavam negociar com os antepassados.

Caminharam durante horas pela floresta. Nádia e Alexander deixavam-se guiar sem fazer perguntas, embora lhes parecesse passar às vezes pelo mesmo lugar. Os caçadores avançavam confiantes, quase correndo, sem comer nem beber, imunes à fadiga, buscando energias somente no tabaco negro de seus cachimbos de bambu. Além das redes, lanças e dardos, aqueles cachimbos eram suas únicas posses materiais. Os dois jovens estrangeiros se esforçavam para acompanhá-los, mas o cansaço e o calor os entonteciam, e eles tropeçavam a todo instante. Em certo momento, deitaram-se no chão e se recusaram a seguir. Precisavam descansar e comer alguma coisa.

Um dos caçadores lançou um dardo contra um macaco, que caiu como uma pedra a seus pés. Cortaram-no em pedaços, arrancaram-lhe a pele e fincaram os dentes na carne crua. Alexander fez uma pequena fogueira e assou os pedaços destinados a ele e Nádia. Enquanto isso, Borobá cobria os olhos com as mãos e gemia; para ele, aquilo era um horrendo ato de canibalismo. Nádia lhe ofereceu brotos de bambu e tratou de explicar a ele que, naquelas circunstâncias, não podiam rejeitar a carne. Assustado, porém, Borobá virou-lhe as costas e não permitiu que ela tocasse nele.

— É como se um grupo de macacos devorasse uma pessoa diante de nós — disse Nádia.

— Realmente, Águia, é uma grosseria de nossa parte — disse Alexander. — Mas, se não nos alimentarmos, não poderemos continuar.

Beyé-Dokou expôs o que pensava fazer. Iam se apresentar em Ngoubé ao cair da tarde do dia seguinte, quando Kosongo os esperava com a cota periódica de marfim. Ele, sem dúvida, explodiria em fúria quando os visse de mãos vazias. Então, enquanto alguns o distraíssem com desculpas e promessas, outros abririam o curral onde as mulheres estavam presas e trariam as armas escondidas lá. Lutariam pela vida e pelo resgate dos filhos, disseram.

— Parece uma decisão muito valente, mas pouco prática — opinou Nádia. — Terminará em massacre, pois os soldados têm fuzis.

— São armas antiquadas — disse Alexander.

— Mas mesmo assim matam de longe — respondeu Nádia. — Com simples lanças não é possível lutar contra armas de fogo.

— Então devemos nos apoderar das munições.

— Impossível. As armas estão carregadas e os soldados levam balas no cinto. Como podemos inutilizar os fuzis?

— Não entendo nada de armas de fogo, Águia. Mas minha avó, que esteve em várias guerras e passou meses com um grupo de guerrilheiros da América Central, deve saber como fazer isso. Penso que o melhor é voltarmos a Ngoubé e preparar o terreno para os pigmeus — sugeriu Alexander.

— Como faremos para que os soldados não nos vejam?

— Iremos durante a noite. Acho que é pequena a distância entre Ngoubé e a aldeia dos antepassados.

— Por que insiste em ir à aldeia proibida, Jaguar?

— Dizem que a fé move montanhas, Águia. Se formos capazes de convencer os pigmeus de que têm a proteção de seus antepassados, eles se sentirão invencíveis. Além disso, eles têm novamente nas mãos o amuleto Ipemba-Afuá. Isso também lhes dará coragem.

— E se os antepassados não quiserem ajudar?

— Os antepassados não existem, Águia! A aldeia é apenas um cemitério. Tranquilos, passaremos ali algumas horas, e depois sairemos para contar aos nossos amigos que os antepassados nos prometeram ajuda na batalha contra Mbembelé. Este é o meu plano.

— Não gosto dele — disse Nádia. — As coisas não costumam terminar bem quando começam com uma mentira

— Se prefere, vou sozinho.

— Sabe muito bem que não podemos nos separar. Vou com você — decidiu ela.

Ainda havia luz na floresta quando chegaram ao local, cujos marcos eram os bonecos de vodu ensanguentados que ambos tinham visto antes. Os pigmeus se recusaram a entrar na área, pois não podiam pisar nos domínios dos espíritos famintos.

— Não creio que os fantasmas sintam fome — disse Alexander. — Dizem que não têm estômago.

Beyé-Dokou apontou para os montes de lixo que havia nos arredores. Sua tribo sacrificava animais, a fim de matar a fome dos mortos, e também lhes oferecia frutas, mel, nozes e aguardente, coisas que eram depositadas aos pés dos bonecos. À noite, quase todas as oferendas desapareciam, devoradas pelos insaciáveis espectros. Graças a esses sacrifícios e oferendas, os pigmeus viviam em paz. Fantasmas devidamente alimentados não atacavam as pessoas. Alex insinuou que os ratos comiam as oferendas. Mas os pigmeus se mostraram ofendidos com as palavras do garoto. As anciãs encarregadas de levar os cadáveres até a entrada da aldeia, durante os funerais, podiam atestar que a comida era arrastada para lá. Algumas vezes tinham ouvido gritos apavorantes, capazes de embranquecer em poucas horas os cabelos de uma pessoa.

— Nádia, Borobá e eu iremos até lá — disse Alexander. — Mas ainda necessitamos que alguém nos espere aqui, a fim de nos levar a Ngoubé antes do amanhecer.

Para os pigmeus, a disposição de passar a noite no cemitério era a prova mais segura de que os forasteiros estavam de cabeça virada; porém, não conseguindo dissuadi-los, acabaram por aceitar a decisão deles. Beyé-Dokou indicou-lhes o caminho e despediu-se com manifestações de afeto e tristeza, pois estava certo de que não voltaria a vê-los. Mas, por cortesia, garantiu que os esperaria, junto ao altar vodu, até o nascer do sol na manhã seguinte. Os outros também se despediram, admirados com a coragem dos jovens estrangeiros.

Nádia e Alexander atentaram para o fato de que, naquela floresta voraz, em que só os elefantes deixavam rastros visíveis, houvesse uma vereda para o cemitério. Isto devia significar que alguém usava a trilha com frequência.

— Por aqui passam os antepassados... — murmurou Nádia.

— Se eles existissem, Águia, não deixariam pegadas e não necessitariam de um caminho — Alex replicou.

— Como você sabe?

— É uma questão de lógica.

— Os pigmeus e os bantos não se aproximam do lugar por motivo nenhum. E os soldados de Mbembelé, que são ainda mais supersticiosos, não chegam nem a entrar na floresta. Sendo assim, me explique quem abriu esta vereda — exigiu Nádia.

— Por enquanto não sei. Mas vamos averiguar.

Após meia hora de caminhada, uma clareira se abriu repentinamente na floresta. Diante dela erguia-se um muro maciço, alto e circular, construído com pedras, troncos, barro e palha de palmeira. Do muro pendiam cabeças ressecadas de animais, caveiras, ossos soltos, máscaras, figuras talhadas em madeira, vasilhas de barro e amuletos. Não se via uma porta, mas os dois acabaram por descobrir, à meia-altura, um buraco circular, com cerca de oitenta centímetros de diâmetro.

— As velhas que trazem os cadáveres devem lançá-los para dentro por este buraco. Do outro lado, com certeza, há pilhas de ossos — disse Alexander.

Nádia não alcançava a abertura. Ele, que era mais alto, conseguiu olhar lá dentro.

— O que há do outro lado? — perguntou ela.

— Não vejo bem. Que tal Borobá ir investigar?

— Que ideia! Borobá não pode ir sozinho. Ou vamos todos ou ficamos todos aqui fora! — decidiu Nádia.

— Espere aqui, volto já — disse Alexander.

— Prefiro ir com você.

Alex calculou que, se deslizasse pela abertura, cairia de cabeça. Não sabia o que o esperava do outro lado. Era melhor subir o muro, para ele uma brincadeira de criança, considerando sua experiência com o montanhismo. A textura irregular facilitava a subida, e em menos de dois minutos ele estava montado na parede, enquanto Nádia e Borobá, bastante nervosos, esperavam suas palavras.

— Parece uma aldeola abandonada, parece uma coisa muito antiga. Nunca vi nada parecido — disse Alexander.

— Há esqueletos?

— Não. Está tudo limpo, tudo vazio. Talvez não introduzam os corpos pela abertura, como pensávamos.

Com a ajuda do amigo, Nádia também saltou para o outro lado. Borobá vacilou, mas o medo de ficar sozinho o levou a segui-la; nunca se separava de sua ama.

À primeira vista a aldeia dos antepassados parecia um conjunto de fornos de pedra e barro, dispostos em círculos concêntricos, numa simetria perfeita. Cada uma daquelas construções arredondadas tinha uma pequena abertura como entrada, mas no momento fechada com pedaços de pano e galhos finos de árvores. Não havia estátuas, bonecos ou amuletos. A vida parecia ter parado no recinto cercado por aquele muro alto. Ali a selva não penetrava e até a temperatura era diferente. Reinava um silêncio inexplicável, não se escutava a algaravia de macacos e aves na floresta, nem o som da chuva, nem o murmúrio da brisa entre as folhas das árvores. A quietude era absoluta.

— São tumbas, os defuntos devem estar lá dentro — disse Alexander. — Vamos investigar.

Abriram algumas das cortinas que tapavam as entradas e viram que dentro havia restos humanos arrumados como pirâmides. Eram esqueletos secos e quebradiços, que pareciam estar ali desde muito, centenas de anos talvez. Alguns "fornos" estavam repletos de ossos, outros cheios apenas pela metade, uns completamente vazios.

— Que coisa mais macabra! — disse Alexander, com um arrepio.

— Não entendo, Jaguar. Se ninguém entra aqui, como pode haver tanta ordem e tanta limpeza?

— É um grande mistério — admitiu ele.

11
ENCONTRO COM OS ESPÍRITOS

Sempre tênue sob a cúpula verde da selva, a luz começava a diminuir. Nos últimos dois dias, desde sua saída de Ngoubé, Nádia e Alexander só viam o céu através das poucas aberturas nas ramagens das árvores. O cemitério situava-se em uma clareira no meio da floresta; puderam, então, ver sobre suas cabeças um pedaço de céu que começava a escurecer. Sentaram-se entre duas tumbas, dispostos a permanecer algumas horas sem companhia.

Nos três anos passados desde que haviam se conhecido, a amizade dos dois havia crescido como uma grande árvore, até se transformar no que existia de mais importante em suas vidas. O afeto infantil do início evoluiu à medida que amadureciam, mas nunca falavam disto. Não dispunham de palavras para descrever aquele delicado sentimento, e temiam que se o fizessem o mistério se partiria, como um cristal. Expressar sua relação em palavras significava defini-la, limitá-la, reduzi-la; se não a mencionassem, ela permaneceria livre e não contaminada.

No silêncio, a amizade expandira-se de maneira sutil, sem que eles próprios percebessem.

Nos últimos tempos, Alexander sofria mais do que nunca a explosão dos hormônios, própria da adolescência, pela qual a maioria dos rapazes costuma passar mais cedo. Seu corpo parecia seu inimigo, não o deixava em paz. Suas notas escolares haviam baixado, não praticava mais a música e já não o atraíam as excursões às montanhas em companhia do pai, antes fundamentais em sua vida. Tinha acessos de mau humor, desentendia-se com a família e, mais tarde, quando chegava o arrependimento, não sabia como fazer as pazes. Tomara-se inábil, estava enredado em uma teia de sentimentos contraditórios. Passava da depressão à euforia em apenas alguns minutos, suas emoções eram tão intensas que às vezes se perguntava, com toda seriedade, se valia a pena continuar a viver. Nos momentos de pessimismo, pensava que o mundo é um desastre e a maior parte da humanidade, estúpida.

Embora houvesse lido livros a respeito e a escola discutisse a adolescência de maneira profunda, ele sofria sua idade como se esta fosse um mal inconfessável. "Não se preocupe, todos já passamos por isso", consolava-o o pai, como se falasse de um resfriado. Mas logo teria dezoito anos, e suas dificuldades não se reduziam.

Alexander mal conseguia se comunicar com os pais, eles o enlouqueciam, eram pessoas de outra época, tudo o que diziam soava antiquado. Sabia que eles o amavam incondicionalmente, e por isso lhes era grato, mas não acreditava que fossem capazes de entendê-lo.

Somente com Nádia sabia compartilhar seus problemas. Na linguagem cifrada que usava para se comunicar com ela por e-mail, podia, sem sentir vergonha, descrever aquilo que sofria, mas nunca o fizera pessoalmente. Nádia o aceitava como ele era, não o julgava. Lia as mensagens, mas não opinava sobre seu conteúdo, pois na verdade não sabia o que responder; suas inquietações eram diferentes.

Alexander achava ridícula sua própria obsessão pelas garotas, mas não podia evitá-la. Uma palavra, um gesto, um toque bastavam para lhe povoar a cabeça de imagens e a alma de desejos. O melhor paliativo era o exercício: fosse inverno ou verão, surfava nas águas do Pacífico. O choque da água gelada, bem como a maravilhosa sensação de voar sobre as ondas, lhe devolviam a inocência e a euforia da infância, mas esse estado de ânimo durava pouco. Em compensação, as viagens com a avó conseguiam distraí-lo durante semanas. Diante dela, conseguia controlar as emoções, e isso lhe dava alguma esperança. Talvez seu pai tivesse razão e essa loucura fosse passageira.

Desde que haviam se encontrado em Nova York, para dar início à viagem, Alexander passara a observar Nádia com outros olhos, embora ainda a excluísse completamente de suas fantasias românticas ou eróticas. Nem podia imaginá-la nesse plano, ela estava na mesma categoria de suas irmãs: o que o ligava a Nádia era um afeto puro e ciumento. Seu papel consistia em protegê-la de quem fosse capaz de causar-lhe o menor mal, especialmente dos outros garotos. Nádia era bonita — ao menos assim lhe parecia — e mais cedo ou mais tarde haveria um enxame de pretendentes à sua volta. Jamais permitiria que aqueles zangões se aproximassem dela; só de pensar nisso bastava para deixá-lo agitado.

Passara a notar as formas do corpo de Nádia, a graça de seus gestos e a expressão concentrada de seu rosto. Gostava de suas cores: o cabelo castanho-escuro, a pele queimada de sol, os olhos que pareciam avelãs; poderia pintar seu retrato com uma paleta reduzida ao amarelo e ao marrom. Ela era diferente, e sentia-se intrigado com sua fragilidade física, que ocultava uma grande força de caráter, sua silenciosa atenção, a maneira como se harmonizava com a natureza.

Ela sempre fora reservada, mas agora lhe parecia misteriosa. Encantava-o estar perto dela, tocá-la de vez em quando, mas a comunicação a distância era muito mais fácil; perturbava-se quando estavam juntos, não sabia o que dizer, começava a medir as palavras, às vezes parecia-lhe que seus próprios pés eram muito grandes, suas mãos muito pesadas, o tom de sua voz muito dominante.

Sentados na escuridão, rodeados de tumbas em um velho cemitério de pigmeus, Alexander sentia a proximidade da amiga com uma intensidade quase dolorosa. Gostava dela mais do que de qualquer outra pessoa no mundo, mais do que de seus pais e de todos os amigos em conjunto, tinha medo de perdê-la.

— Que tal Nova York? Gosta de morar com minha avó? — perguntou, para dizer alguma coisa.

— Sua avó me trata como uma princesa, mas sinto falta do meu pai.

— Não volte para a Amazônia, Águia. É muito longe, não conseguiremos mais nos comunicar.

— Então venha comigo — disse ela.

— Irei com você para onde quiser, mas primeiro tenho de fazer meu curso de medicina.

— Sua avó me disse que você está escrevendo sobre as nossas aventuras na Amazônia e no Reino do Dragão de Ouro. Escreverá também sobre os pigmeus?

— São apenas notas, Águia. Não pretendo ser escritor, e sim médico. A ideia de ser médico me veio quando minha mãe ficou doente, e tomei a decisão quando o lama Tensing curou seu ombro com agulhas e orações. Compreendi naquela ocasião que para curar não bastam a ciência e a tecnologia, há outras coisas igualmente importantes. Medicina holística, creio que se chama assim, é o que pretendo fazer — explicou Alexander.

— Lembra do que disse o xamã Walimai? Disse que você tem o poder de curar e que deve aproveitá-lo. Acredito que você será o melhor médico do mundo — afirmou Nádia.

— E você? O que pretende fazer quando sair da escola?

— Vou estudar a linguagem dos animais.

— Não encontrará nenhuma faculdade que ensine a linguagem dos bichos — disse Alexander, rindo.

— Pois eu fundarei uma, a primeira.

— Seria bom se viajássemos juntos, eu como médico e você como linguista.

— Será assim quando nos casarmos — replicou Nádia.

A frase ficou suspensa no ar, visível como uma bandeira. Alexander sentiu o sangue formigar em seu corpo e o coração saltar em seu peito. De tão surpreso, não pôde responder. Por que não havia pensado naquilo? Tinha vivido encantado por Cecília Burns, com quem nada tinha em comum. Durante aquele ano, ele a havia perseguido com uma tenacidade sem limites, que o levara a suportar todos os seus caprichos e afrontas. Enquanto agia como um garotinho, Cecília Burns tornara-se adulta, embora tivessem a mesma idade. Era muito atraente, e Alexander perdera a esperança de que centrasse nele os seus interesses. Cecília desejava ser atriz, suspirava pelos galãs de cinema e planejava tentar a sorte em Hollywood assim que completasse dezoito anos. As palavras de Nádia revelaram para ele um horizonte que até aquele momento não tinha contemplado.

— Como sou idiota! — exclamou.

— O que quer dizer com isso? Que não vamos nos casar?

— Eu... — balbuciou Alex.

— Escute, Jaguar. Não sabemos se vamos sair vivos desta selva. Como talvez não nos reste muito tempo, falemos com o coração — propôs ela com seriedade.

— Mas é claro que nos casaremos, Águia! — replicou ele, com as orelhas ardendo. — Não tenho a menor dúvida.

— Bom. Ainda faltam vários anos para isso — disse ela, dando de ombros.

Durante um longo momento, nada mais tiveram para dizer. Alexander se viu sacudido por um furacão de ideias e emoções contraditórias, que iam do temor de olhar para Nádia sob a plena luz do dia até a tentação de beijá-la. Tinha certeza de que jamais se atreveria a fazê-lo. O silêncio tornou-se insuportável.

— Está com medo, Jaguar? — perguntou Nádia, meia hora depois.

Alexander não respondeu. Achava que ela adivinhara seu pensamento e se referia ao novo temor que nele despertara e que naquele momento o paralisava. Quando ela perguntou outra vez, ele compreendeu que Nádia falava de algo muito mais imediato e concreto.

— Amanhã teremos de enfrentar Kosongo, Mbembelé e talvez o feiticeiro Sombê. Como faremos isso?

— Logo saberemos, Águia. Como diz minha avó: não se deve ter medo do medo.

Sentiu-se grato por ela ter mudado de assunto, e decidiu que não voltaria a mencionar o amor, pelo menos até estar a salvo na Califórnia, separado dela pelo imenso continente americano. Por um e-mail seria um pouco mais fácil falar de sentimentos, pois Nádia não veria como suas orelhas ficavam vermelhas.

— Espero que a águia e o jaguar venham em nossa ajuda — disse Alexander.

— Desta vez vamos necessitar mais do que isso — replicou Nádia.

Naquele mesmo instante sentiram uma silenciosa presença a poucos passos de onde se encontravam. Era como se alguém houvesse atendido a um chamado. Alexander empunhou a faca e acendeu a lanterna. Dentro do feixe de luz apareceu, então, uma figura que provocou arrepios nos dois.

Paralisados pelo susto, viram a três metros de distância uma velha feiticeira, coberta de andrajos, com uma enorme cabeleira branca e desgrenhada, magra como um esqueleto. Um fantasma, ambos pensaram no mesmo instante, mas em seguida Alexander concluiu que devia haver uma explicação diferente para aquela presença.

— Quem está aí? — gritou em inglês, pondo-se de pé com um salto.

Silêncio. Alexander repetiu a pergunta e novamente dirigiu a luz da lanterna para a estranha figura.

— Você é um espírito? — perguntou Nádia, misturando banto e francês.

A aparição respondeu com um murmúrio incompreensível e, ofuscada pela luz, retrocedeu.

— Parece uma anciã! — exclamou Nádia.

Por fim entenderam claramente o que dizia o suposto fantasma: Nana-Asantê.

— Nana-Asantê? A rainha de Ngoubé? Viva ou morta? — quis saber Nádia.

Logo suas dúvidas se desfizeram: era ela mesma, em corpo e alma; era a rainha que havia desaparecido, supostamente assassinada por Kosongo, na ocasião em que usurpara seu trono. Durante anos a mulher permanecera oculta no cemitério; para sobreviver, alimentava-se com as oferendas que os caçadores deixavam para seus antepassados. Era ela quem mantinha o lugar limpo, quem levava para dentro das tumbas os cadáveres jogados pelo buraco do muro.

Nana-Asantê disse a eles que não estava sozinha. Tinha boa companhia, a dos espíritos, com quem dentro em breve esperava se reunir definitivamente, pois estava cansada de habitar seu próprio corpo. Contou que antes era uma *nganga*, uma curandeira que viajava ao mundo dos espíritos quando entrava em transe. Nessa época tinha visto os espíritos por ocasião de algumas cerimônias, e sentira pavor deles; no entanto, desde que passara a viver no cemitério, perdera de todo o medo. Agora eles eram seus amigos.

— Coitada! Deve ter enlouquecido! — sussurrou Alexander para Nádia.

Mas Nana-Asantê não estava louca. Pelo contrário, durante aqueles anos de solidão havia adquirido uma extraordinária lucidez. Estava informada de tudo que ocorria em Ngoubé. Sabia o que se passava com Kosongo e suas vinte esposas, com Mbembelé e seus dez soldados pertencentes à Irmandade do Leopardo, com o feiticeiro Sombê e seus demônios. Sabia que os bantos da aldeia não se atreviam a se revoltar contra eles, pois o menor gesto de rebelião era punido com horríveis torturas. Sabia que os pigmeus eram escravos. Que Kosongo lhes arrebatara o amuleto sagrado. E que Mbembelé vendia seus filhos quando não conseguiam recolher a quantidade exigida de marfim. E sabia também que um grupo de forasteiros havia chegado a Ngoubé à procura dos missionários e que os dois mais jovens haviam escapado da prisão e tinham vindo visitá-la. Estivera o tempo todo à sua espera.

— Como pode saber de tudo isso? — perguntou Alex.

— Os antepassados me contaram. Eles sabem de muitas coisas. Não saem apenas à noite, como as pessoas supõem;

também saem de dia, e em companhia de outros espíritos da natureza andam para lá e para cá, passeando pelo meio dos vivos e dos mortos. Sabem que vocês pedirão o auxílio deles — revelou Nana-Asantê.

— Estarão dispostos a ajudar seus descendentes? — perguntou Nádia.

— Não sei — disse a rainha. — Vocês terão de falar com eles.

Uma enorme lua cheia, amarela e radiante, apareceu sobre a clareira. Enquanto a lua subia no céu, por cima da floresta, algo mágico acontecia no cemitério, algo que nos anos seguintes Nádia e Alexander recordariam como um dos momentos cruciais de suas vidas.

O primeiro sinal da ocorrência de algo extraordinário foi o fato de os dois poderem ver na noite com a maior clareza, como se o cemitério estivesse iluminado pelas grandes lâmpadas de um estádio. Pela primeira vez, desde que haviam chegado à África, Nádia e Alexander sentiam frio. Tiritando, abraçaram-se, procurando se aquecer e recuperar o ânimo. Um crescente zumbido de abelhas tomou conta do ar e, diante dos olhos maravilhados de ambos, o local ficou repleto de seres translúcidos.

Estavam cercados de espíritos. Era impossível descrevê-los, pois careciam de forma definida; pareciam vagamente humanos, mas mudavam como se fossem desenhos feitos com fumaça. Não estavam nus nem vestidos. Não tinham cor, mas eram luminosos.

O intenso zumbido de insetos que vibrava em seus ouvidos tinha significado, era uma linguagem universal que eles entendiam; algo semelhante à telepatia. Os dois nada tinham de explicar aos fantasmas, nada que lhes contar, nada que lhes pedir com palavras. Aqueles seres etéreos sabiam o que havia ocorrido e também o que sucederia no futuro, porque em sua dimensão não havia tempo. Ali estavam as almas dos antepassados e também as dos seres por nascer, almas que permaneciam indefinidamente em estado espiritual, outras prontas para adquirir forma física neste planeta ou em outros.

Nádia e Alexander inteiraram-se de que os espíritos só raramente intervêm nos acontecimentos do mundo material, embora às vezes ajudem os animais mediante a intuição, e as pessoas mediante a imaginação, os sonhos, a criatividade e a revelação mística ou espiritual. Em sua maioria, as pessoas vivem desligadas do divino e não percebem os sinais, as coincidências, as premonições e os minúsculos milagres cotidianos, com os quais o sobrenatural se manifesta.

Perceberam que os espíritos não provocam enfermidades, desgraças ou morte, como lhes haviam dito; o sofrimento é causado pela maldade e a ignorância dos vivos. Eles também não procuram destruir aqueles que os ofendem ou violam seus domínios, pois nem possuem domínios e nem há como ofendê-los. Os sacrifícios, presentes e orações não chegam até eles; servem apenas para tranquilizar as pessoas que fazem as oferendas.

O diálogo silencioso com os fantasmas durou um tempo impossível de ser calculado. A luz aumentou gradualmente, e então o espaço em que se encontravam se abriu, tomando uma dimensão maior. Dissolveu-se o muro que haviam escalado ao entrarem no cemitério, e eles se viram no meio da selva, embora esta não parecesse a mesma na qual estavam antes.

Nada era igual. Havia ali uma radiante energia. As árvores não formavam mais uma compacta massa de vegetação, agora cada uma tinha seu próprio caráter, seu nome, suas memórias. As mais altas, de cujas sementes haviam brotado outras mais jovens, contavam suas histórias. As plantas mais idosas manifestavam sua intenção de morrer sem demora, a fim de darem fertilidade à terra; as mais novas expandiam seus ramos tenros, aferrando-se à vida. Havia um contínuo murmúrio da natureza, formas sutis de comunicação entre as espécies.

Centenas de animais vieram cercar os jovens forasteiros. Até então desconheciam a existência de alguns deles: os estranhos ocapis, de pescoço comprido, como pequenas girafas; os almiscareiros, as civetas, os mangustos, os esquilos voadores, os gatos-dourados-africanos e os antílopes com listras de zebra. Havia formigueiros cobertos de escamas e uma verdadeira multidão de macacos encarapitados nos galhos das árvores, tagarelando como crianças à luz mágica da noite.

Diante de Nádia e Alexander desfilaram leopardos, crocodilos, rinocerontes e outras feras, que ali pareciam viver em harmonia. Aves extraordinárias enchiam o ar com seus cantos e iluminavam a noite com atrevidas plumagens. Milhares de insetos dançavam com a brisa: mariposas multicoloridas, escaravelhos fosforescentes, grilos ruidosos, vaga-lumes delicados. O chão fervia de répteis: víboras, tartarugas, grandes lagartos, descendentes dos dinossauros, que olhavam os viajantes com seus olhos de três pálpebras.

Estavam no centro da floresta dos espíritos, cercados por milhares e milhares de almas vegetais e animais. As mentes de Nádia e Alexander voltaram a expandir-se, e então eles puderam perceber as conexões entre os seres, o universo inteiro entrelaçado por correntes de energia, por uma estranha rede, fina como seda, forte como aço. Compreenderam que nada existe isoladamente; qualquer coisa que ocorre, seja um pensamento ou um furacão, afeta todas as outras. Sentiram a terra palpitante e viva, um grande organismo que embala no regaço a flora e a fauna, os montes, os rios, o vento e as planícies, a lava dos vulcões, as neves eternas das mais altas montanhas. E essa mãe-planeta é parte de outros organismos maiores, está unida aos incontáveis astros do imenso firmamento.

Nádia e Alexander viram os ciclos inevitáveis de vida, morte, transformação e renascimento, como um quadro maravilhoso, no qual tudo acontece de modo simultâneo, sem passado, presente ou futuro, agora desde sempre e para sempre.

Por fim, na última etapa de sua fantástica odisseia, compreenderam que as almas incontáveis, assim como tudo que há no universo, são partículas de um único espírito, como as gotas de água de um mesmo oceano. Uma só essência espiritual anima tudo que existe. Não há separação entre os seres, não há fronteira entre a vida e a morte.

Em nenhum momento daquela incrível viagem Nádia e Alexander sentiram medo. No início era como se flutuassem na nebulosa de um sonho, e isto lhes deu uma profunda calma, mas à medida que a peregrinação espiritual expandia seus sentidos e sua imaginação, a calma deu lugar à euforia, uma felicidade impossível de ser contida, uma sensação de tremenda força e energia.

A lua continuou seu passeio pelo céu e acabou por desaparecer atrás da floresta. Durante alguns minutos a luz dos fantasmas permaneceu no local, enquanto o zumbido das abelhas e o frio pouco a pouco diminuíam. Então os dois despertaram do transe e se encontraram entre as tumbas, com Borobá agarrado à cintura de Nádia. Durante alguns minutos não falaram nem se moveram, de modo a preservar o encantamento. Finalmente se olharam, desconcertados, duvidando daquilo que tinham vivido. Mas então surgiu diante deles a figura da rainha Nana-Asantê, que lhes confirmou: sim, aquilo não tinha sido apenas uma alucinação.

A rainha estava iluminada por um intenso resplendor que vinha do interior de seu corpo. Assim, os dois jovens puderam vê-la como ela realmente era, e não sob aquela forma vista no início, aquela velha miserável, só ossos, só farrapos. Na verdade, achavam-se na presença de uma pessoa notável, uma amazona, uma antiga deusa da floresta. Nana-Asantê se tornara sábia durante os anos em que vivera solitária entre os mortos, dedicada à meditação; livrara seu coração do ódio e da cobiça, nada mais desejava, nada mais a inquietava, nada mais temia. Era valente, pois não se aferrava à vida; era forte, pois a compaixão a animava; era justa, por intuir a verdade; era invencível, porque se apoiava em um exército de espíritos.

— Há muito sofrimento em Ngoubé. Nos seus tempos de rainha a paz imperava. Os bantos e os pigmeus continuam a se lembrar daquela época. Venha conosco, Nana-Asantê, nos ajude — suplicou Nádia.

— Vamos — replicou ela sem vacilar, como se durante anos não tivesse feito outra coisa a não ser se preparar para aquele momento.

O REINO DO TERROR

Durante os dois dias que Nádia e Alexander passaram na floresta, vários acontecimentos dramáticos se sucederam na aldeia de Ngoubé. Kate, Angie, o irmão Fernando e Joel González não viram mais Kosongo e tiveram de se entender com Mbembelé, que sem dúvida nenhuma era muito mais temível do que o rei. Ao se inteirar do desaparecimento de dois dos seus prisioneiros, o comandante se preocupou mais em castigar os guardas por tê-los deixado sair do que com a sorte dos jovens ausentes. Não moveu um dedo a fim de encontrá-los e, quando Kate Cold pediu que a deixasse sair e a ajudasse a procurá-los, ele respondeu negativamente.

— Já estão mortos, não vou perder tempo com eles — disse Mbembelé. — Ninguém sobrevive à noite na floresta. Só os pigmeus, que não são humanos.

— Então ordene que alguns pigmeus me acompanhem na busca — solicitou Kate.

Mbembelé não costumava responder a perguntas e muito menos a pedidos, e por isso ninguém se atrevia a fazê-los. O atrevimento daquela velha estrangeira lhe causou mais surpresa do que fúria. Não podia crer que diante dele alguém se mostrasse tão insolente. Permaneceu em silêncio, observando-a através de suas sinistras lentes espelhadas, enquanto gotas de suor corriam-lhe pelo crânio pelado e pelos braços nus marcados por cicatrizes rituais. Estavam em seu "escritório", para onde a jornalista fora conduzida.

O "escritório" de Mbembelé era um calabouço, mobiliado com uma velha escrivaninha e duas cadeiras em um dos cantos. Horrorizada, Kate viu, nas paredes de barro branqueadas pela cal, instrumentos de tortura e manchas que pareciam de sangue. Ao conduzi-la àquele lugar, a intenção do comandante fora certamente intimidá-la. E de fato ela sentiu medo, mas não estava disposta a deixar que sua fraqueza fosse percebida. Para se proteger, contava apenas com seu passaporte americano e sua carteira de jornalista, mas isto de nada serviria caso Mbembelé captasse o temor que a possuía.

Pareceu-lhe que o comandante, ao contrário de Kosongo, não engolira a história de que estavam em Ngoubé a fim de entrevistar o rei; Mbembelé provavelmente suspeitava que o verdadeiro motivo da presença do grupo na aldeia era descobrir o destino dos missionários desaparecidos. Estavam nas mãos dele, mas Mbembelé decerto calculava os riscos antes de agir movido por algum repentino impulso de crueldade. Não podia maltratar estrangeiros, deduziu Kate com demasiado otimismo. Uma coisa era maltratar os pobres-diabos que trazia debaixo da bota em Ngoubé, outra, bem diferente, era fazer o mesmo com estrangeiros. Não lhe convinha uma investigação por parte das autoridades. O comandante teria de se livrar deles o mais cedo possível; mas, se investigassem muito, sua alternativa seria matá-los. Ele sabia que não partiriam sem Nádia e Alexander, e isto complicava as coisas. Kate concluiu que deviam ter muito cuidado, pois a melhor saída para o comandante seria a morte de seus hóspedes em um acidente bem planejado. Mas não passou pela mente da jornalista que pelo menos um integrante da expedição era visto com bons olhos em Ngoubé.

— Como se chama a outra mulher de seu grupo? — perguntou Mbembelé depois de uma longa pausa.

— Angie. Angie Ninderera — respondeu Kate. — Ela nos trouxe em seu avião, mas...

— Sua Majestade, o rei Kosongo, está disposto a aceitá-la como mais uma de suas mulheres.

Kate sentiu os joelhos fraquejarem. Aquilo que fora uma brincadeira na tarde anterior agora se transformava em uma desagradável — e talvez perigosa — realidade. O que Angie teria para dizer sobre o interesse de Kosongo por ela?

Nádia e Alexander deviam aparecer logo, como indicava a nota de seu neto. Nas viagens anteriores também tinha vivido momentos de desespero por causa dos garotos, mas em ambas as ocasiões eles haviam retornado sãos e salvos. Devia confiar neles. A primeira coisa a fazer seria reunir o grupo, depois pensariam na maneira de voltar à civilização. Pensou que o súbito interesse do rei por Angie Ninderera podia servir para ganharem um pouco de tempo.

— Deseja que comunique a Angie o pedido do rei? — perguntou Kate, quando recuperou a voz.

— Não é um pedido, é uma ordem. Fale com ela. Eu a verei durante o torneio que se realizará amanhã. Enquanto isso, vocês têm permissão para circular pela aldeia, mas estão proibidos de se aproximar da moradia do rei, dos currais e do poço.

O comandante fez um gesto e imediatamente o soldado que guardava a porta tomou Kate pelo braço e a levou dali. Por um momento, a luz do dia cegou a velha escritora.

Kate reuniu os amigos e transmitiu a mensagem de amor a Angie, que a recebeu com muito desagrado, como era de esperar.

— Jamais farei parte do rebanho de mulheres de Kosongo! — exclamou ela, furiosa.

— Claro que não, Angie. Mas você não poderia ser amável com ele durante uns dois dias e...

— Nem por um minuto! Claro que, se em vez de Kosongo fosse o comandante... — suspirou Angie.

— Mbembelé é uma besta! — interrompeu-a Kate.

— Estou brincando, Kate. Não pretendo ser amável com Kosongo, com Mbembelé, nem com ninguém. Quero sair deste inferno o mais cedo possível, recuperar meu avião e ir para um lugar onde esses criminosos não possam me alcançar.

— Se você distrair o rei, como propõe a Sra. Cold, podemos ganhar tempo — argumentou irmão Fernando.

— Como quer que eu faça isso? Olhe para mim! Minha roupa está suja e molhada, perdi meu batom, meu penteado é um desastre. Pareço um porco-espinho! — replicou Angie, indicando os cabelos empoeirados, que se projetavam em várias direções.

— As pessoas têm medo — interrompeu-a o missionário, mudando de assunto. — Ninguém quer dar resposta às minhas perguntas, mas mesmo assim já consegui ligar os fios. Não tenho mais dúvida de que meus companheiros estiveram aqui e de que há vários meses desapareceram. Não podem ter ido para nenhum outro lugar. O mais provável é que tenham se tornado mártires.

— Pensa que os mataram? — perguntou Kate.

— Sim, creio que deram suas vidas por Cristo. Espero que pelo menos não tenham sofrido demais.

— Lamento de verdade, irmão Fernando — disse Angie, repentinamente séria e comovida. — Perdoe minha frivolidade e meu mau humor. Conte comigo, farei o que puder para ajudá-lo. Se achar necessário, posso até fazer a dança dos sete véus e distrair Kosongo.

— Não lhe peço tanto, Srta. Ninderera — respondeu tristemente o missionário.

— Me chame de Angie — disse ela.

Passaram o restante do dia esperando pela volta de Nádia e Alexander, vagando pelo vilarejo em busca de informação e fazendo planos para escapar. Os dois guardas que haviam se descuidado na noite anterior haviam sido presos pelos soldados e ninguém os substituíra, de modo que ninguém vigiava os forasteiros.

Souberam que os Irmãos do Leopardo eram desertores do exército regular e haviam chegado a Ngoubé em companhia do comandante: eles eram os únicos a ter acesso às armas de fogo, guardadas na caserna. Os guardas bantos eram recrutados à força na adolescência. Andavam mal armados — contavam apenas com sabres e facas — e obedeciam mais por medo que por lealdade. Sob as ordens do punhado de soldados de Mbembelé, os guardas deviam reprimir o resto da população banta, ou seja, suas próprias famílias e amigos. A feroz disciplina não lhes deixava escapatória: os rebeldes e os desertores eram executados sem julgamento.

As mulheres de Ngoubé, que antes eram independentes e tomavam parte nas decisões da comunidade, haviam perdido seus direitos, sendo em seguida obrigadas a trabalhar nas plantações de Kosongo e a satisfazer as exigências dos seus homens. As jovens mais belas eram destinadas ao harém do rei.

O sistema de espionagem do comandante chegava a incluir meninos, que eram ensinados a vigiar seus próprios pais. Para perder a vida, bastava ser acusado de traição, mesmo que não houvesse nenhuma prova. No início muitas pessoas tinham sido assassinadas; mas a população da área não era numerosa, e assim, ao ver que estavam ficando sem súditos, o rei e o comandante se viram obrigados a limitar seu entusiasmo.

Os dois contavam ainda com a ajuda de Sombê, o feiticeiro, convocado quando seus serviços eram necessários. Os habitantes da região estavam acostumados à presença de curandeiros e bruxos, cuja missão era estabelecer um elo com o mundo dos espíritos, curar doentes, realizar feitiços, fabricar amuletos de proteção. No seu entender, a causa da morte das pessoas era geralmente a magia. Quando alguém morria, o feiticeiro tinha obrigação de averiguar quem havia provocado sua morte, desfazer o malefício e castigar o culpado ou obrigá-lo a pagar uma indenização à família do defunto. Isto dava ao feiticeiro um certo poder sobre a comunidade. Em Ngoubé, como em muitos outros lugares da África, sempre houve feiticeiros, uns mais respeitados que outros, mas nenhum como Sombê.

Ninguém conhecia o local onde vivia o repulsivo feiticeiro. Ele se materializava repentinamente na aldeia, como um demônio, e, uma vez cumprida a tarefa que lhe haviam atribuído, sumia sem deixar rastro e permanecia invisível durante semanas ou meses. Era tão temido que até Kosongo e Mbembelé evitavam sua presença e ambos se mantinham encerrados em suas casas quando Sombê chegava.

Seu aspecto gerava terror. Era agigantado — tão alto quanto o comandante Mbembelé — e, quando entrava em transe, adquiria uma força descomunal, tornando-se capaz de levantar troncos que seis homens não conseguiam mover. Tinha cabeça de leopardo e um colar de dedos que, segundo diziam, havia separado das mãos de suas vítimas com o fio de seu olhar; também nas exibições de feitiçaria costumava decapitar galos com os olhos, sem tocar um dedo neles.

— Gostaria de conhecer o famoso Sombê — disse Kate quando os amigos se reuniram para contar o que cada um tinha conseguido descobrir.

— E eu gostaria de fotografar seus truques de ilusionismo — acrescentou Joel González.

— Talvez não sejam truques — disse Angie, estremecendo. — A magia vodu pode ser muito perigosa.

A segunda noite na palhoça pareceu eterna aos viajantes. Eles mantiveram as tochas acesas, pois assim, apesar da fumaça e do cheiro de resina queimada, pelo menos podiam ver os ratos e as baratas. Kate passou horas acordada, ouvidos atentos, à espera da volta de Nádia e Alexander. Como não havia guardas na entrada, podia sair para se refrescar cada vez que no interior da cabana o ar se tornava irrespirável. Angie foi se reunir a ela; as duas sentaram-se lado a lado no chão.

— Estou morrendo de vontade de fumar — murmurou Angie.

— Esta é a sua oportunidade de deixar o vício, como eu fiz. O cigarro pode provocar câncer no pulmão — advertiu Kate. — Quer um trago de vodca?

— E o álcool não é um vício, Kate? — Angie riu.

— Está insinuando que sou alcoólatra? Não se atreva! Tomo uns tragos de vez em quando, para aliviar as dores nos ossos, e é só.

— Temos que fugir daqui, Kate.

— Sim, mas não podemos ir sem Nádia e sem meu neto — replicou a escritora.

— Quanto tempo você está disposta a esperar por eles? Os canoeiros virão nos buscar depois de amanhã.

— Até lá os meninos já terão regressado.

— E se isso não acontecer?

— Nesse caso, vocês vão e eu fico.
— Não deixarei você sozinha, Kate.
— Você irá com os outros em busca de auxílio. Deverá comunicar-se com a revista *International Geographic* e com a embaixada dos Estados Unidos. Ninguém sabe onde estamos.
— Minha única esperança é que Michael Mushaha tenha captado alguma das mensagens que mandei pelo rádio — disse Angie. — Mas não conto muito com isso.

As duas mulheres permaneceram em silêncio durante algum tempo. Apesar das circunstâncias em que se encontravam, eram capazes de apreciar a beleza da noite enluarada. Aquela hora havia poucas tochas acesas na aldeia, exceto as que iluminavam a residência do rei e a caserna dos soldados. Chegavam até elas o rumor contínuo da floresta e o cheiro penetrante da terra úmida. A poucos passos de distância existia um mundo paralelo de criaturas que jamais viam a luz do sol, e naquele momento, protegidas pelas sombras, elas as espreitavam.

— Sabe o que é o poço, Angie? — perguntou Kate.
— Aquele que era mencionado nas cartas dos missionários?
— Não é nada do que imaginávamos. Não se trata de um poço de água — disse Kate.
— Então é o quê?
— O lugar onde as pessoas são executadas.
— O que você está me dizendo? — espantou-se Angie.
— Isso mesmo que você acabou de ouvir, Angie. O poço fica atrás da residência do rei. É isolado por uma cerca de madeira. Ninguém pode se aproximar do local.
— É um cemitério?
— Não. Parece que é um charco, ou uma espécie de açude, repleto de crocodilos.

Angie ergueu-se de um salto, sem poder respirar, com a sensação de carregar uma locomotiva no peito. As palavras de Kate pareciam confirmar o terror que a dominava, juntamente com a sensação de estar aprisionada naquela terra bárbara, desde o pouso forçado de seu avião na pequena praia do rio. A cada dia, a cada hora aumentava nela a certeza de que marchava inevitavelmente para o fim. Sempre acreditara que morreria jovem, em um acidente aéreo. Mas então aparecera Ma Bangesé, a adivinha do mercado, e lhe falara dos crocodilos. No começo não levara muito a sério a profecia, mas depois de dois encontros quase fatais com aquelas feras a ideia se enraizara em sua mente e se convertera em uma obsessão. Kate adivinhou o que sua amiga pensava.

— Não seja supersticiosa, Angie. O fato de Kosongo criar crocodilos não significa que você acabe como jantar para eles.

— É meu destino, Kate. Não posso escapar.

— Pois eu prometo que vamos sair vivas daqui, Angie.

— Não pode prometer isso, não tem como cumprir. Está sabendo de mais alguma coisa?

— No poço são atiradas as pessoas que se rebelam contra a autoridade de Kosongo e Mbembelé — explicou Kate. — Foi o que as pigmeias me contaram. Os maridos delas têm de ir à caça para alimentar os crocodilos. Elas sabem de tudo que acontece na aldeia. São escravas dos bantos. Como cabe a elas o trabalho mais pesado, entram nas palhoças, observam e escutam as conversas. Andam livres de dia, só são recolhidas à noite. Ninguém liga para a presença delas, pois não acreditam que tenham a inteligência dos humanos.

— O que você acha: foi assim que mataram os missionários? Será por isso que não há rastro deles? — perguntou Angie, com um estremecimento.

— Pode ser, mas não tenho certeza — respondeu Kate. — Por isso mesmo ainda não falei do assunto com irmão Fernando. Amanhã tentarei descobrir a verdade, e se possível darei uma espiada no poço. Temos de fotografá-lo; ele é parte essencial da história que penso escrever para a revista.

No dia seguinte, Kate apresentou-se novamente ao comandante Mbembelé, a fim de comunicar a ele que Angie Ninderera sentia-se honrada com o interesse do rei, e estava disposta a considerar sua proposta, mas necessitava de alguns dias para decidir, pois havia prometido sua mão a um poderoso feiticeiro de Botswana. Como todos sabiam, era muito perigoso trair um feiticeiro, mesmo a distância.

— Sendo assim, o rei Kosongo não tem mais interesse por ela — decidiu o comandante.

Kate mudou o jogo imediatamente. Não esperava que Mbembelé levasse a história tão a sério.

— Não acha que deveria consultar Sua Majestade?

— Não.

— Para falar a verdade, Angie não chegou a dar sua palavra ao feiticeiro. Quer dizer, não tem um compromisso formal com ele, compreende? Me disseram que vive aqui um homem chamado Sombê, o feiticeiro mais poderoso da África. Talvez ele possa libertar Angie do feitiço do outro pretendente — sugeriu Kate.

— Talvez.

— Quando o famoso Sombê virá a Ngoubé?

— Faz perguntas demais, velha. Aborrece tanto quanto as *mopani* — replicou o comandante, fazendo o gesto de espantar uma abelha. — Falarei com o rei Kosongo. Veremos a maneira de livrar a mulher.

— Mais uma coisa, comandante Mbembelé — disse Kate, já da porta.

— O que quer agora?

— Os aposentos para os quais nos mandou são muito agradáveis, mas estão um tanto sujos; há um bocado de excrementos de ratos e morcegos.

— E...?

— Angie Ninderera é uma pessoa muito delicada, adoece com o mau cheiro. Pode nos mandar uma escrava para limpar os aposentos e nos preparar a comida? Se isso não o incomoda.

— Está bem — respondeu o comandante.

A serva designada para os aposentos dos forasteiros parecia uma menina: vestia apenas uma saia de ráfia, media no máximo um metro e quarenta de altura, era magra, mas forte. Chegou com uma vassoura de ramos e se pôs a varrer o chão com velocidade espantosa. Quanto mais pó levantava, pior se mostravam a sujeira e o cheiro.

Kate a interrompeu, pois na verdade tinha outras intenções quando pedira sua presença: necessitava de uma aliada. No início a mulher deu a impressão de não entender as intenções e os gestos de Kate; mostrava um rosto sem expressão, como se fosse uma ovelha. Mas, quando a escritora mencionou Beyé-Dokou, seu rosto se iluminou. Kate compreendeu que a idiotice era fingida, um instrumento de autoproteção.

Por meio da mímica, além de umas poucas palavras em banto e francês, a pigmeia explicou que se chamava Jena e era esposa de Beyé-Dokou. Tinham dois filhos, que raramente viam, pois estavam presos em um curral; mas, por enquanto, os meninos eram bem cuidados pelas avós.

O prazo para que Beyé-Dokou e os outros caçadores se apresentassem com o marfim terminaria no dia seguinte; se falhassem, perderiam os meninos, disse Jena chorando. Kate não soube o que fazer diante daquelas lágrimas, mas Angie e o irmão Fernando procuraram consolá-la com o argumento de que Kosongo não se atreveria a vender os meninos tendo um grupo de jornalistas como testemunhas. Jena respondeu que, na sua opinião, nem mesmo isso bastaria para dissuadir Kosongo.

O sinistro batuque dos tambores enchia a noite africana, estremecia a floresta e aterrorizava os estrangeiros, que, no interior da palhoça, escutavam aqueles sons com o coração carregado de obscuros presságios.

— O que significam esses tambores? — perguntou Joel González, atemorizado.

— Não sei — respondeu irmão Fernando. — Mas nada de bom podem anunciar.

— Estou farta de ter medo o tempo todo! — exclamou Angie. — Há vários dias meu peito dói de tanta angústia, não consigo respirar! Quero sair daqui!

— Rezemos, amigos — sugeriu o missionário.

Nesse momento entrou um soldado, e, dirigindo-se apenas a Angie, anunciou que haveria um "torneio" e que o comandante Mbembelé exigia sua presença.

— Irei com meus companheiros — disse ela.

— Como quiser — respondeu o emissário do comandante.

— Por que os tambores estão soando? — perguntou Angie.

— Ezenji — foi a concisa resposta do soldado.

— A dança da morte?

Em vez de responder, o homem lhe deu as costas e se foi. Os estrangeiros trataram de discutir a situação. Joel González acreditava que o homem havia falado da morte, e eles seriam os principais atores do espetáculo. Kate mandou o fotógrafo se calar.

— Você está me deixando nervosa, Joel. Se eles pretendem nos matar, é claro que não farão isto em público. Não seria conveniente para eles provocar um escândalo internacional com o nosso assassinato.

— Quem tomaria conhecimento da nossa morte, Kate? — disse Joel em tom lamentoso. — Estamos à mercê desses malucos. Que importa para eles a opinião do resto do mundo? Fazem o que lhes dá na telha.

Os habitantes da aldeia, com exceção dos pigmeus, estavam reunidos na praça. Usando cal, traçaram um quadrilátero no chão, como um ringue de boxe, iluminado por tochas. Sob a Árvore das Palavras sentava-se o comandante, cercado pelos seus oficiais, ou seja, pelos dez soldados da Irmandade do Leopardo, que se alinhavam de pé atrás de sua cabeça. Como de hábito, o comandante calçava botas militares, vestia a farda do exército e, embora fosse noite, escondia os olhos atrás das lentes espelhadas.

Levaram Angie Ninderera para outra cadeira, a poucos passos do assento do comandante. Seus amigos foram ignorados. O rei Kosongo não estava presente, mas suas esposas se amontoavam de pé no lugar habitual, atrás da árvore, vigiadas pelo velho sádico que sempre empunhava uma vareta de bambu.

O "exército" estava presente. Era composto pelos Irmãos do Leopardo, armados de fuzis, e os guardas bantos, que conduziam facas, facões e porretes. Os guardas eram muito jovens e davam a impressão de estarem tão assustados quanto os demais habitantes da aldeia. Logo os estrangeiros iriam descobrir o que lhes causava medo.

Vestidos com jaquetas militares, mas sem as respectivas calças, os três músicos que na noite da chegada de Kate e seu grupo tocavam apenas entrechocando bastões agora dispunham de tambores. O som que produziam era monótono, lúgubre, ameaçador, bem diferente da música dos pigmeus. O batuque se prolongou por muito tempo, até que a luz da lua veio somar-se à das tochas.

Nesse meio-tempo, trouxeram cabaças e vasilhas de plástico com vinho de palma. As cabaças passaram de mão em mão e o vinho foi oferecido às mulheres, meninos e visitantes. Ao comandante serviram uísque americano, certamente contrabandeado. Ele bebeu dois longos goles e passou a garrafa para Angie, que dignamente se recusou a beber, pois não queria estabelecer nenhum laço de familiaridade com aquele homem; mas, quando o comandante lhe ofereceu um cigarro, ela não pôde resistir — fazia uma eternidade que estava sem fumar.

Em resposta a um gesto de Mbembelé, os músicos rufaram os tambores, a fim de anunciar o começo da cerimônia. Do outro extremo do pátio trouxeram os dois guardas designados para vigiar a palhoça dos forasteiros e sob cujos narizes Nádia e Alexander haviam escapado. Empurraram-nos para dentro do quadrilátero, onde foram deixados de joelhos, cabeça baixa, trêmulos.

Eram muito jovens. Kate calculou que deviam ter a idade de seu neto, uns dezessete ou dezoito anos. Uma das mulheres agrupadas na plateia, talvez a mãe de um dos guardas, soltou um grito e correu para o quadrilátero, mas foi imediatamente agarrada pelas outras, que a levaram de volta, abraçando-a, tentando consolá-la.

O comandante se levantou, mantendo as pernas separadas e as mãos na cintura. Sua mandíbula era protuberante, o suor brilhava no crânio raspado e no desnudo torso de atleta. Com essa atitude, e mais as lentes escuras que ocultavam seus olhos, era a própria imagem do vilão de qualquer filme de ação e violência. Latiu algumas frases em seu idioma, ininteligível para os visitantes, e em seguida voltou a se sentar, em posição confortável e relaxada. Um soldado entregou uma faca a cada um dos homens ajoelhados no quadrilátero de cal.

Kate e seus amigos logo entenderam as regras do jogo. Os dois guardas estavam condenados a lutar pela própria vida; e seus companheiros e familiares, condenados a presenciar aquela forma cruel de disciplina. Ezenji, a dança sagrada que os pigmeus executavam antigamente, antes de sair para a caça, a fim de invocar os espíritos da floresta, fora deturpada em Ngoubé, transformando-se em um torneio mortal.

A luta entre os guardas castigados foi breve. Durante alguns minutos eles executaram uma espécie de dança circular, com os punhais nas mãos, cada um esperando que o adversário se descuidasse para então golpeá-lo. Mbembelé e seus soldados açulavam os lutadores com gritos e assobios, mas o restante dos espectadores se mantinha em pesado e agourento silêncio. Os outros guardas bantos não conseguiam esconder seu pavor, pois suspeitavam que qualquer um deles poderia ser o próximo condenado.

Impotentes e furiosos, os habitantes de Ngoubé despediam-se dos jovens; só o medo de Mbembelé e o enjoo provocado pelo vinho de palma impediam que uma revolta explodisse. As famílias eram unidas por múltiplos laços de sangue; todos os que assistiam o espantoso torneio eram parentes dos rapazes armados de punhais.

Quando, por fim, os lutadores decidiram se atacar, as lâminas dos punhais brilharam um instante à luz das tochas, antes de avançarem contra os corpos. Dois gritos rasgaram a noite e os dois rapazes caíram; um se agitava no chão; o outro se arrastava, ainda empunhando sua arma. Parecia que a lua havia parado no céu, enquanto os habitantes de Ngoubé também paravam de respirar. Durante longos minutos, o rapaz que jazia de costas continuou a estremecer, para em seguida se imobilizar. Então o outro soltou o punhal e se prostrou com o rosto no chão e os braços sobre a cabeça, convulsionado pelo choro.

Mbembelé ergueu-se, aproximou-se com estudada lentidão, e usando a ponta da bota virou o corpo do rapaz que parecia morto, tirou a pistola da cintura e apontou para a cabeça do outro jovem. Neste exato instante, Angie Ninderera saltou no centro da arena e agarrou o comandante com uma rapidez e uma força que o deixaram surpreso. A bala cravou-se no chão, a poucos centímetros da cabeça do condenado.

Uma exclamação de horror percorreu a aldeia: era absolutamente proibido tocar em Mbembelé. Jamais alguém se atreveria a enfrentá-lo daquele modo. A iniciativa de Angie produziu uma tal incredulidade no comandante que este demorou alguns segundos antes de sacudir o estupor. Isto permitiu que Angie se situasse entre o cano da pistola e o corpo da vítima.

— Diga ao rei Kosongo que aceito ser sua esposa e que, como presente de casamento, quero a vida desses dois rapazes — disse ela com voz firme.

Mbembelé e Angie sustentaram seus olhares, medindo-se com ferocidade, como dois boxeadores antes do combate. O comandante era meia cabeça mais alto e muito mais forte que ela, sem esquecer que estava com uma pistola na mão. Angie, porém, era uma dessas pessoas marcadas pela inquebrantável confiança em si mesmas. Sabia que era bonita, sagaz, irresistível, e tinha uma atitude atrevida, na qual encontrava um pouco mais de força para impor sua vontade. Ela apoiou as duas mãos no peito nu do odiado comandante — tocando-o assim pela segunda vez — e o empurrou com suavidade, obrigando-o a recuar. Em seguida, fulminou-o com um sorriso capaz de desarmar qualquer valentão.

— Vamos lá, comandante. Agora sim aceito uma dose do seu uísque — disse alegremente, como se em vez de um duelo de morte acabasse de presenciar uma comédia de circo.

Nesse meio-tempo, o irmão Fernando, Kate e Joel González invadiram a arena e trataram de socorrer os rapazes. Um deles tremia, o corpo coberto de sangue; o outro estava inconsciente. Ergueram-nos, seguraram-nos pelos braços e os levaram, quase arrastando, para o interior da palhoça na qual estavam alojados, enquanto os habitantes de Ngoubé, os guardas bantos e os Irmãos do Leopardo observavam a cena absolutamente assombrados.

DAVI E GOLIAS

A rainha Nana-Asantê seguiu os passos de Nádia e Alexander pela estreita vereda que cruzava a floresta, unindo a aldeia dos antepassados ao altar onde eram esperados por Beyé-Dokou. O sol ainda não saíra e a lua já desaparecera. Aquela era a hora mais escura da noite, mas Alexander levava sua lanterna e Nana-Asantê conhecia a trilha como a palma da sua mão, pois a percorria com frequência, a fim de se apoderar dos alimentos deixados pelos pigmeus como oferendas.

Nádia e Alexander sentiam-se transformados pela experiência vivida no mundo dos espíritos. Durante algumas horas, tinham deixado de ser criaturas humanas para fundir-se com o todo. Sentiam-se fortes, seguros, lúcidos; podiam ver a realidade a partir de uma perspectiva mais rica e luminosa. Tinham perdido o medo, inclusive o medo da morte, pois lhes fora dado compreender que, independentemente do que acontecesse, não desapareceriam tragados pela escuridão. Nunca estariam separados, ambos eram parte de um único espírito.

Era difícil imaginar que no plano espiritual vilões como aquele Mauro Carías, da Amazônia, o Especialista, do Reino Proibido, e Kosongo, de Ngoubé, tivessem almas semelhantes às deles. Como era possível que não houvesse diferença entre vilões e heróis, santos e criminosos, entre os que fazem o bem e os que passam pelo mundo causando dor e destruição?

Não sabiam qual era a resposta para esse mistério, mas pensavam que cada um contribui com sua experiência para a enorme reserva espiritual do universo. Uns fazem sua parte através do sofrimento decorrente da maldade; outros, graças à luz que se adquire mediante a compaixão.

Quando voltaram à realidade do presente, os dois jovens puseram-se a pensar nas provações que se aproximavam. Sua missão devia ser cumprida sem demora. Tinham de fazer sua parte para libertar os escravos e derrubar Kosongo. Para isso era necessário sacudir a indiferença dos bantos, cúmplices da tirania por não lutarem contra ela; há circunstâncias em que não se pode ser neutro. Mas o final do drama não dependia deles; os verdadeiros personagens da história, os verdadeiros heróis, eram os pigmeus. Isto tirava um tremendo peso de seus ombros.

Beyé-Dokou havia adormecido, e não os ouviu chegar. Quando viu Nana-Asantê no círculo de luz da lanterna, acreditou estar na presença de um fantasma. Seus olhos quase saltaram das órbitas e seu rosto ficou cinza. Mas, a fim de mostrar que estava tão viva quanto ele, a rainha se pôs a rir e a fazer carícias em sua cabeça.

Contou em seguida que durante todos aqueles anos permanecera escondida no cemitério, sem se atrever a sair, por sentir medo de Kosongo. Mas, acrescentou, estava cansada de esperar que as coisas se normalizassem por si mesmas. Para ela havia chegado a hora de voltar a Ngoubé, enfrentar o usurpador e libertar seu povo da opressão.

— Nádia e eu iremos na frente, a fim de preparar o terreno — anunciou Alexander. — Trataremos de conseguir ajuda. Quando os habitantes de Ngoubé souberem que Nana-Asantê está viva, creio que terão ânimo para se rebelar.

— Nós, os caçadores, iremos à tarde — disse Beyé-Dokou. — Kosongo nos espera depois do meio-dia.

Todos concordaram que Nana-Asantê não se apresentaria na aldeia sem ter certeza de que receberia o apoio da população. Do contrário, Kosongo mandaria matá-la e continuaria impune. Ela era o único trunfo com que contavam para ganhar aquele jogo perigoso. O melhor seria deixá-la para a rodada final. Se conseguissem despojar Kosongo de seus supostos atributos divinos, talvez os bantos perdessem o medo e se levantassem contra ele.

Claro, restavam Mbembelé e seus soldados. Mas Nádia e Alexander apresentaram um plano que foi aprovado por Nana-Asantê e Beyé-Dokou. Alexander entregou seu relógio à rainha, pois o pigmeu não sabia usá-lo, e combinaram a hora e o modo de agir.

Os caçadores restantes vieram reunir-se a eles. Tinham passado boa parte da noite a dançar em uma cerimônia que, na verdade, era um pedido de ajuda dirigido a Ezenji e outras divindades do mundo animal e do vegetal. Quando viram a rainha, sua reação foi muito mais exagerada que a de Beyé-Dokou.

Primeiro, acreditaram que se tratava de um fantasma, e saíram correndo espavoridos. Beyé-Dokou foi atrás deles, explicando, aos gritos, que não se tratava de uma alma-penada. Voltaram, afinal, um a um, e cautelosamente puseram-se a tocar na mulher com a ponta dos dedos trêmulos. Comprovado que ela não estava morta, acolheram-na com respeito e esperança.

Foi de Nádia a ideia de injetar no rei Kosongo o tranquilizante de Michael Mushaha. No dia anterior tinha visto um dos caçadores derrubar um macaco, valendo-se de um dardo e uma zarabatana semelhante àquela usada pelos índios da Amazônia. Pensou que com o mesmo instrumento seria possível lançar o anestésico contra o rei.

Não sabia qual seria o efeito da substância em uma criatura humana. Se o tranquilizante provara ser capaz de fazer um rinoceronte adormecer em poucos minutos, era possível que fosse fatal para uma pessoa. Mas, considerando o tamanho agigantado de Kosongo, pensou que ele resistiria. Seu grosso manto era um obstáculo quase intransponível. Com uma arma adequada atravessava-se a pele de um elefante, mas, com uma zarabatana, teriam de atirar em um ponto no qual a pele do rei estivesse nua.

Quando Nádia expôs seu projeto, os pigmeus apontaram para o caçador de melhores pulmões e pontaria mais certeira. O homem inflou o peito e sorriu diante da distinção que lhe faziam; contudo, sua manifestação de orgulho demorou pouco, pois imediatamente os outros se puseram a rir e zombar dele, como aliás costumavam fazer sempre que alguém se vangloriava. Uma vez que dissiparam seu orgulho, os homens lhe entregaram a ampola de tranquilizante. O humilhado caçador a guardou, sem dizer palavra, em uma bolsinha que levava na cintura.

— O rei dormirá como um morto durante várias horas. Isto nos dará tempo para amotinar os bantos — disse Nádia. — Em seguida, a rainha Nana-Asantê entrará em cena.

— E o que faremos com o comandante e os soldados? — perguntaram os caçadores.

— Eu desafiarei Mbembelé para uma luta pessoal — propôs Alexander.

Não soube por que dissera aquilo, nem como pretendia levar a cabo tão temerário propósito; simplesmente fora a primeira coisa que lhe passara pela mente e soltara as palavras sem pensar. Mas, tão logo falou, a ideia do desafio tomou corpo e ele compreendeu que, chegado àquele ponto, recuar não seria uma solução. Assim como deviam despojar Kosongo de seus atributos divinos, para que as pessoas perdessem o medo dele, aliás seu frágil fundamento de poder, também seria necessário derrotar Mbembelé em seu próprio terreno, o da força bruta.

— Você não pode vencê-lo, Jaguar — advertiu Nádia. — Você não é como ele, é uma pessoa pacífica. Além do mais, ele tem armas, enquanto você nunca deu um tiro.

— Será um combate sem armas de fogo, braço a braço, ou com lanças.

— Enlouqueceu?

Alexander explicou aos caçadores que conduzia um amuleto muito poderoso. Mostrou-lhes o fóssil que pendia de seu pescoço e contou-lhes que aquilo procedia de um animal mitológico, um dragão que existira nas altas montanhas do Himalaia, muitos anos antes do aparecimento dos seres humanos na Terra. Aquele amuleto, disse o jovem estrangeiro, seria capaz de protegê-lo de objetos cortantes, e para prová-lo ordenou-lhes que se posicionassem dez passos à sua frente e em seguida o atacassem com suas lanças.

Os pigmeus abraçaram-se em círculo, como jogadores de futebol americano, rindo e falando depressa. De vez em quando dirigiam olhares de lástima ao garoto forasteiro que se propunha a fazer tamanha bobagem. Alexander perdeu a paciência, abriu a roda de pigmeus e insistiu para que o pusessem à prova.

Os homens alinharam-se entre as árvores, pouco convencidos e dobrando-se de rir. Alexander mediu dez passos, o que não era simples no meio daquela vegetação, pôs-se diante deles com as mãos na cintura e gritou que estava pronto.

Um a um, os pigmeus atiraram suas lanças. Alexander não moveu um músculo, enquanto as afiadas pontas das lanças passavam a milímetros de seu rosto. Surpresos, os caçadores recuperaram as armas e voltaram a atirar, agora sem risos e com dobrada energia, mas nem assim conseguiram acertar o alvo.

— Agora ataquem com os facões — ordenou Alexander.

Dois deles, os únicos que dispunham de facões, avançaram contra o garoto, gritando a plenos pulmões; mas, sem a menor dificuldade, Alexander esquivou-se dos golpes e as armas dos atacantes só conseguiram ferir o chão.

— Você é um poderoso feiticeiro! — concluíram os pigmeus, maravilhados.

— Não — replicou ele—, mas meu amuleto vale quase tanto quanto Ipemba-Afuá.

— Quer dizer que qualquer um com esse amuleto pode fazer o mesmo? — perguntou um dos caçadores.

— Pode, sim!

Uma vez mais os pigmeus se abraçaram em círculo, cochicharam acaloradamente durante algum tempo, até chegarem a um acordo.

— Neste caso, um dos nossos lutará com Mbembelé — anunciaram.

— Por quê? Eu posso fazer isso! — exclamou Alexander.

— Porque você não é tão forte quanto nós. Você é alto, mas não sabe caçar, e se cansa quando corre. Qualquer uma de nossas mulheres é mais hábil do que você — disse um dos caçadores.

— Ora! Conversa-fiada...

— Mas é verdade — interveio Nádia, dissimulando um sorriso.

— O *tuma* lutará com Mbembelé — decidiram os pigmeus.

Todos apontaram para o melhor caçador, Beyé-Dokou, que humildemente rejeitou a honraria, como sinal de boa educação, embora fosse fácil perceber o quanto se sentia feliz. Depois de lhe rogarem várias vezes, ele afinal aceitou pendurar no pescoço o excremento do dragão e se postar diante das lanças de seus companheiros. A cena anterior foi repetida, e assim todos se convenceram de que o fóssil era um escudo impenetrável. Alexander fechou os olhos e visualizou Beyé-Dokou, aquele homenzinho do tamanho de um menino, enfrentando Mbembelé, tido e havido como um adversário formidável.

— Conhecem a história de Davi e Golias? — perguntou Alex.

— Não — todos responderam.

— Há muito tempo, longe desta selva, duas tribos estavam em guerra. Uma contava com um famoso guerreiro, chamado Golias, um gigante tão alto quanto uma árvore e tão forte quanto um elefante, que empunhava uma espada com o peso de dez facões. Todos ficavam apavorados diante dele. Davi, um garoto da outra tribo, teve a coragem de desafiá-lo. Suas armas eram apenas uma pedra e uma atiradeira. As duas tribos se reuniram, a fim de presenciar o combate. Davi atirou uma pedra, que acertou Golias no meio da testa. O gigante caiu e, sem perda de tempo, Davi se apoderou de sua espada e o matou.

Os ouvintes riram muito. A história lhes parecera mais engraçada que todas, mas só perceberam o paralelo quando Alexander lhes disse que Golias era Mbembelé e Davi era Beyé-Dokou. Pena que não dispusessem de uma atiradeira, disseram. Não tinham ideia do que isso vinha a ser, mas imaginavam que se tratava de uma arma formidável. Finalmente puseram-se a caminho, a fim de conduzir seus novos amigos até as proximidades de Ngoubé. Despediram-se com fortes palmadas nos braços e desapareceram na selva.

Nádia e Alexander entraram na aldeia quando o dia começava a clarear. Só alguns cães notaram sua presença; a população dormia e ninguém vigiava a antiga missão. Apresentaram-se cautelosamente na entrada da palhoça para não sobressaltar os amigos. Foram recebidos por Kate, que havia dormido pouco e muito mal. Ao ver seu neto, a escritora sentiu um grande alívio, misturado com a vontade de lhe dar umas boas lambadas. Mas teve força apenas para puxar a orelha dele e sacudi-lo, enquanto o cobria de insultos.

— Onde vocês estavam, seus fedelhos de uma figa? — gritou Kate.

— Eu te amo, vovó — disse Alexander, rindo e dando-lhe um abraço apertado.

— Desta vez estou falando sério, Alexander, nunca mais você viaja comigo! E você, senhorita — acrescentou, dirigindo-se a Nádia —, me deve muitas explicações!

— Não temos tempo para sentimentalismos, Kate — interrompeu o neto. — Temos muito a fazer.

A essa altura os outros já haviam despertado, cercavam os dois jovens e os enchiam de perguntas. Cansada de fazer recriminações que ninguém ouvia, Kate tratou de dar comida aos recém-chegados. Indicou-lhes montículos de abacaxis, bananas, mangas, recipientes cheios de frango frito em azeite de palmeira e vasilhas com coco, bolos de tapioca e verduras, que haviam trazido para eles e que ambos devoraram agradecidos, pois naqueles dois dias de ausência tinham comido pouquíssimo. Para a sobremesa, Kate presenteou-lhes com a última lata de pêssegos em conserva que restara na bagagem.

— Eu não disse que os meninos voltariam? Louvado seja Deus! — exclamava irmão Fernando de vez em quando.

Em um canto da palhoça estavam deitados os guardas salvos por Angie. Um deles, de nome Adrien, recebera uma facada no estômago e agonizava. O outro, chamado Nzê, tinha uma ferida no peito, mas segundo o missionário, que cuidara de muitas feridas na guerra de Ruanda, nenhum órgão vital fora comprometido e ele poderia sobreviver, desde que não contraísse uma infecção. Nzê havia perdido muito sangue, mas era jovem e forte. Irmão Fernando vinha tratando-o o melhor que podia, e aplicava-lhe antibióticos que Angie trouxera na maleta de emergência.

— Ainda bem que voltaram, meninos — disse Angie. — Temos de escapar daqui antes que Kosongo me reclame como esposa.

— Teremos a ajuda dos pigmeus, mas antes devemos ajudá-los — respondeu Alexander. — Os caçadores virão à tarde. Nosso plano é desmascarar Kosongo e logo depois desafiar Mbembelé para uma luta pessoal.

— Dito assim, parece facílimo. Posso saber como farão essas coisas? — perguntou Kate com sarcasmo.

Nádia e Alexander expuseram seu plano, que incluía, entre outros pontos, sublevar os bantos, mediante o anúncio de que a rainha Nana-Asantê ainda vivia, e libertar as escravas para que lutassem ao lado de seus homens.

— Algum de vocês sabe como inutilizar os fuzis dos soldados? — perguntou Alexander.

— Seria necessário travar o mecanismo — sugeriu Kate.

E logo em seguida pensou que, para esse fim, poderiam usar aquela mesma resina com a qual se acendiam as tochas. Tratava-se de uma substância espessa e pegajosa que os moradores da aldeia armazenavam em tambores de lata.

As únicas pessoas com livre acesso à caserna eram as escravas pigmeias, encarregadas de fazer a limpeza, renovar a água e preparar a comida dos soldados. Nádia ofereceu-se para dirigir a operação, pois já havia estabelecido uma boa relação com elas quando as visitara no curral. Kate usou o rifle de Angie para mostrar onde pôr a resina.

Irmão Fernando anunciou que Nzê, um dos jovens feridos, também poderia ajudá-los. A mãe dele, assim como a mãe de Adrien e outros parentes dos dois, tinham vindo na noite anterior, trazendo frutas, carnes, vinho de palma e até tabaco para Angie, que se tornara a heroína da aldeia, por ter sido, até aquela data, a única pessoa capaz de enfrentar o comandante. E não apenas com palavras, mas também tocando nele. Não sabiam como pagar-lhe por ter salvado os rapazes da morte certa nas mãos de Mbembelé.

Esperavam que Adrien morresse a qualquer momento. Nzê, porém, estava lúcido, embora muito fraco. O terrível duelo sacudira o terror que durante meses paralisara o rapaz. Considerava-se como alguém que houvesse ressuscitado; o destino oferecia-lhe, de presente, mais alguns dias de vida. Nada tinha a perder, pois de qualquer forma morreria; assim que os estrangeiros partissem, Mbembelé o lançaria aos crocodilos.

Ao aceitar a possibilidade da morte imediata havia adquirido a coragem que antes não tinha. E tal coragem dobrou quando soube que a rainha Nana-Asantê voltaria em breve, a fim de reclamar o trono usurpado por Kosongo. Concordou com o plano dos estrangeiros, de incitar os bantos a se sublevarem. Pediu-lhes, porém, que se o plano não funcionasse como esperavam, dessem-lhe morte misericordiosa. Não queria cair vivo nas mãos de Mbembelé.

No meio da manhã, Kate apresentou-se ao comandante para informá-lo de que Nádia e Alexander haviam se salvado milagrosamente de morrer na selva e estavam de volta à aldeia. Isto significava que ela e o restante do grupo partiriam no dia seguinte, assim que as canoas voltassem para apanhá-los. Acrescentou que se sentia muito decepcionada por não ter conseguido fazer a reportagem sobre Sua Majestade Sereníssima, o rei Kosongo.

O comandante pareceu aliviado pelo anúncio de que os incômodos estrangeiros iam abandonar seu território, e dispôs-se a facilitar sua retirada, desde que Angie cumprisse a promessa de fazer parte do harém de Kosongo. Kate temia que isto ocorresse, e já havia engendrado uma história.

Perguntou onde estava o rei. Por que não o tinham visto? Acaso estava enfermo? Não teria o feiticeiro que pretendia se casar com Angie Ninderera amaldiçoado o rei a distância? Todos sabem que tanto a esposa quanto a noiva de um feiticeiro são intocáveis. E, no caso da aviadora, estavam lidando com um bruxo particularmente vingativo.

Em certa ocasião, um político importante insistira em fazer a corte a Angie, e por isso perdera seu cargo no governo, sua fortuna e sua saúde. Desesperado, o homem contratara uns assassinos de aluguel para matar o feiticeiro. Mas eles nada puderam fazer, acrescentou Kate, pois os facões derreteram em suas mãos como se fossem de manteiga.

Era possível que a história houvesse causado alguma impressão em Mbembelé, mas a escritora não teve como saber, pois atrás das lentes espelhadas a expressão do comandante se tornava inescrutável.

— Hoje à tarde — anunciou Mbembelé — Sua Majestade, o rei Kosongo, dará uma festa para homenagear sua nova mulher e celebrar o marfim que os pigmeus vão trazer.

— Desculpe, comandante, mas não está proibido comercializar o marfim? — perguntou Kate.

— Todo o marfim que existe por aqui pertence ao rei, entendeu, velha?

— Entendi, comandante.

Enquanto isso, Nádia, Alexander e os outros realizavam os preparativos para a tarde. Angie não pôde participar, como desejava, pois quatro jovens esposas do rei tinham ido buscá-la na casa, conduzindo-a em seguida para o rio, onde ela e as companheiras tiveram de tomar um banho demorado, vigiadas pelo velho que sempre conduzia a vara de bambu.

Quando, por meio de gestos, o vigia ameaçou dar uma surra preventiva e educativa na futura esposa de seu amo, Angie acertou-lhe um poderoso soco no queixo, deixando-o estendido no chão. Em seguida, quebrou a vara de bambu contra seu grosso joelho e atirou os pedaços na cara do velho, juntamente com a advertência de que, se insistisse em erguer a mão contra ela, iria reunir-se aos seus antepassados.

As quatro jovens tiveram um ataque de riso incontrolável, que as obrigou a se sentarem, pois suas pernas não mais as sustentavam. Admiradas, puseram-se a apalpar os músculos de Angie, e concluíram que, se aquela dama, tão fornida, entrasse para o harém, era possível que suas vidas mudassem para melhor. Talvez Kosongo houvesse encontrado finalmente um oponente à altura.

Nesse ínterim, Nádia instruíra Jena, a esposa de Beyé-Dokou, sobre como usar a resina, a fim de inutilizar os fuzis. Tão logo compreendera o que se esperava dela, a mulher se dirigira para a caserna, com seus passinhos de menina, sem fazer perguntas, nem comentários. Era tão pequena e insignificante, tão silenciosa e discreta que ninguém percebeu o feroz brilho de vingança em seus olhos castanhos.

Por intermédio de Nzê, o irmão Fernando soube finalmente do que havia acontecido aos missionários desaparecidos. Embora já suspeitasse, foi violento o choque que sentiu ao ter seus temores confirmados. Os missionários tinham chegado à aldeia com a intenção de ampliar o espaço de sua fé, e nada pudera dissuadi-los: nem as ameaças, nem o clima infernal, nem a solidão em que viviam. Kosongo os mantivera isolados, mas pouco a pouco eles haviam conquistado a confiança de algumas pessoas, que com isto acabaram por atrair a fúria do rei e de Mbembelé.

Quando começaram a se opor abertamente aos abusos sofridos pela população e a interceder em favor de escravos pigmeus, o comandante os embarcou em uma canoa, com seus pertences, e os mandou rio abaixo. Uma semana depois, os padres estavam de volta, mais resolutos do que antes. Passados alguns dias, desapareceram.

A versão oficial foi a de que jamais tinham estado em Ngoubé. Os soldados queimaram seus poucos objetos pessoais e mencioná-los passou a ser proibido. Mas, para os habitantes, não era segredo o fato de que os haviam assassinado e depois atirado seus corpos no poço dos crocodilos. Deles nada restara.

— São mártires, verdadeiros santos. Nunca serão esquecidos — garantiu irmão Fernando, enxugando as lágrimas que banhavam seu rosto magro.

Por volta das três da tarde, Angie Ninderera voltou. Quase não a reconheceram. Trazia na cabeça uma torre de tranças e contas de ouro e vidro que roçava o teto, a pele brilhava sob uma camada de azeite, o corpo estava envolto em uma túnica larga, de cores berrantes, tinha pulseiras de ouro até perto dos cotovelos e calçava sandálias de pele de cobra. Sua presença encheu a palhoça.

— Parece a Estátua da Liberdade! — comentou Nádia, encantada.

— Meu Jesus! — exclamou o missionário, horrorizado. — O que fizeram com você, mulher?

— Nada que não se possa desfazer, irmão — replicou ela. E, fazendo soar as pulseiras de ouro, acrescentou: — Acho que isto dá para comprar uma frota de aviões.

— Se conseguir escapar de Kosongo.

— Escaparemos todos, irmão. — Ela sorriu, muito segura de si.

— Nem todos — replicou o missionário. — Eu ficarei para substituir os irmãos que foram assassinados.

14

A ÚLTIMA NOITE

Os festejos começaram por volta das cinco da tarde, quando o calor diminuiu um pouco. Entre os habitantes de Ngoubé reinava um clima de grande tensão. A mãe de Nzê havia espalhado entre os bantos a notícia de que Nana-Asantê, a rainha legítima, tão chorada pelo seu povo, ainda vivia. Acrescentara que os estrangeiros pensavam em ajudá-la a recuperar o trono, e que, para eles, bantos, aquela seria a única oportunidade de se livrarem de Kosongo e Mbembelé.

Até quando continuariam a admitir que recrutassem seus filhos para transformá-los em assassinos? Viviam espionados, sem liberdade para se movimentar ou para pensar, e estavam cada vez mais pobres. Tudo que produziam era levado por Kosongo. Enquanto ele acumulava marfim, ouro e diamantes, as pessoas da aldeia não tinham direito nem sequer a uma vacina.

A mulher falou discretamente com suas filhas e estas com as amigas, de modo que em menos de uma hora quase todos os adultos estavam possuídos pela mesma inquietação. Ninguém se atrevia a passar o segredo aos guardas, pois embora eles fossem membros de suas próprias famílias, não se tinha ideia de como reagiriam. Eles haviam passado pela lavagem cerebral de Mbembelé, que ainda os trazia no laço.

A angústia era maior entre as pigmeias, pois naquela tarde vencia o prazo para salvarem os filhos. Seus maridos sempre conseguiam chegar a tempo com as presas de elefantes, mas ultimamente as coisas vinham mudando. Ninguém dera a Jena a fantástica notícia de que Ipemba-Afuá, o amuleto sagrado, voltara para as mãos dos seus legítimos donos, e que os homens não viriam com o marfim, mas com a decisão de enfrentar Kosongo.

Elas também teriam de lutar. Durante anos haviam suportado a escravidão, acreditando que, se obedecessem, suas famílias poderiam sobreviver. Mas de pouco lhes servira a mansidão, sua condição de vida era cada vez mais dura. Quanto mais aguentavam, piores os abusos de que eram vítimas. Como Jena explicara uma vez às companheiras: quando não houvesse mais elefantes na selva, com toda certeza venderiam seus filhos. Era melhor morrer se rebelando do que viver na escravidão.

O harém de Kosongo também estava alvoroçado, pois lá já se sabia que a futura esposa não tinha medo de nada e era quase tão forte quanto Mbembelé, zombava do rei e com um sopapo deixara sem sentidos o velho vigia. As que não tinham tido a sorte de presenciar a cena custavam a acreditar. Sentiam horror de Kosongo, que as obrigara a se casar com ele, e um respeito reverencial pelo velho e rabugento vigilante.

Algumas pensavam que em menos de três dias a arrogante Angie Ninderera seria domada e transformada em mais uma das submissas esposas do rei, tal como ocorrera a todas elas; mas, quando as quatro jovens destacadas para acompanhá-la ao rio viram seus músculos e observaram sua atitude, ficaram convencidas de que as coisas não se passariam mais da mesma forma.

Os únicos a não perceber que algo estava prestes a acontecer eram justamente aqueles que deviam se manter mais bem informados: Mbembelé e seu "exército". O poder lhes subira à cabeça e eles se consideravam invencíveis. Haviam criado seu próprio inferno, no qual se sentiam à vontade, e como todos os que jamais tiveram de enfrentar um desafio, descuidaram-se.

Por ordem de Mbembelé, as mulheres da aldeia se encarregaram dos preparativos para as bodas reais. Decoraram a praça com uma centena de tochas e arcos feitos com ramos de palmeiras, amontoaram pirâmides de frutas e, para o banquete, cozinharam tudo que havia na despensa: galinhas, ratos, lagartos, antílopes, mandioca e milho. Os recipientes com vinho de palma começaram a circular bem cedo, entre os guardas, mas a população civil absteve-se de beber, conforme as instruções da mãe de Nzê.

Tudo estava pronto para a cerimônia dupla do casamento real e entrega do marfim. A noite ainda não caíra, mas as tochas já estavam acesas e o ar impregnado do cheiro de carne assada. Sob a Árvore das Palavras alinhavam-se os soldados de Mbembelé e os personagens da patética Corte que ele encabeçava.

Os habitantes de Ngoubé agrupavam-se nos dois lados da pequena praça, e dos seus postos, armados com porretes e facões, os guardas bantos vigiavam. Para os visitantes estrangeiros haviam reservado banquinhos de madeira. As câmeras de Joel González estavam prontas, e os outros se mantinham em estado de alerta, preparados para agir quando chegasse o momento. Do grupo, a única ausente era Nádia.

Em um lugar de honra, à sombra da árvore, Angie Ninderera esperava, impressionando a todos com sua túnica nova e seus adornos de ouro. Não parecia nem um pouquinho preocupada, embora muitas coisas pudessem sair mal naquela tarde. Quando, pela manhã, Kate lhe expusera seus temores, Angie replicara que ainda estava por nascer o homem capaz de assustá-la. E acrescentou: logo Kosongo saberia quem ela era.

— Antes do esperado, o rei me oferecerá todo o seu ouro para que eu vá embora o mais rápido possível — disse, rindo.

— A menos que antes ele mande atirar você no poço dos crocodilos — murmurou Kate, sem esconder o nervosismo.

Quando os caçadores chegaram à aldeia com suas redes e suas lanças, mas sem as presas de elefante, os moradores perceberam que a tragédia tinha começado e nada poderia interrompê-la. Um longo suspiro saiu de todos os peitos e percorreu a praça; de certa forma, as pessoas se sentiam aliviadas, pois qualquer coisa era melhor do que suportar a horrível tensão daquele dia. Desarvorados, os guardas bantos cercaram os pigmeus, esperando instruções do chefe, mas o comandante não estava na praça.

Transcorreu meia hora, durante a qual a angústia dos presentes subiu a um nível insuportável. Os recipientes com bebida circulavam entre os jovens guardas, que, de olhos injetados e gestos sem coordenação, começavam a tornar-se loquazes. Um dos Irmãos do Leopardo rugiu uma ordem para eles, que, imediatamente, puseram no chão os recipientes de vinho e se perfilaram por alguns minutos, mas não durou muito aquele ato de disciplina.

Finalmente, um rufar marcial de tambores anunciou a chegada do rei. A marcha era aberta pelo Boca Real, acompanhado de um guarda que transportava uma pesada cesta de joias de ouro, presente para a noiva. Kosongo mostrava-se generoso em público, mas assim que Angie passasse a fazer parte de seu harém as joias voltariam para o cofre real.

Vieram em seguida as esposas, cobertas de ouro, e por fim o velho que vigiava as mulheres, com o rosto inchado e apenas quatro dentes dançando nas gengivas. Dava para notar que alguma coisa mudara na atitude das mulheres: não se comportavam mais como ovelhas, e sim como uma alegre manada de zebras. Angie dirigiu a elas um gesto com a mão, ao qual elas responderam com amplos sorrisos de cumplicidade.

Depois do harém vinham os carregadores, que levavam nos ombros o estrado no qual estava Kosongo, sentado em uma poltrona francesa. A ostentação era a de sempre: o chapéu impressionante, a cortina de contas ocultando-lhe o rosto. O manto parecia chamuscado em alguns pontos, mas no geral continuava em bom estado. Faltava-lhe apenas o amuleto dos pigmeus, que já não pendia do cetro. Em seu lugar havia um outro osso, que a distância podia passar pelo Ipemba-Afuá. Não convinha ao rei admitir que já não estava de posse do objeto sagrado. Além do mais, tinha certeza de que não necessitava do amuleto para controlar os pigmeus, que considerava criaturas sem valor.

O cortejo real parou no centro da praça, para que ninguém deixasse de admirar o soberano. Antes que os carregadores levassem o estrado para seu lugar embaixo da Árvore das Palavras, o Boca Real perguntou aos pigmeus pelo marfim. Os caçadores avançaram e todos puderam ver que um deles conduzia Ipemba-Afuá, o amuleto sagrado.

— Acabaram os elefantes. Não podemos trazer mais presas. Agora queremos nossas mulheres e nossos filhos. Vamos voltar para a floresta — anunciou Beyé-Dokou, cuja voz não tremia.

Um silêncio sepulcral acolheu o breve discurso. Ninguém pensara na possibilidade de uma rebelião dos escravos. A primeira reação dos Irmãos do Leopardo seria matar a tiros o grupo de homenzinhos, mas Mbembelé não estava entre eles para dar tal ordem, e o rei, por sua vez, ainda não reagira.

Os habitantes de Ngoubé estavam surpresos, porque a mãe de Nzê não tinha dito nem uma palavra acerca dos pigmeus.

Durante anos, os bantos se beneficiavam do trabalho dos escravos e não era conveniente perdê-los, mas percebiam que o equilíbrio anterior acabara de se romper. Pela primeira vez sentiam respeito por aquelas criaturas: eram as mais pobres, as mais indefesas e vulneráveis, mas acabavam de demonstrar uma incrível coragem.

Com um gesto, Kosongo chamou o seu mensageiro e murmurou-lhe algo. O Boca Real ordenou que trouxessem os meninos. Seis guardas dirigiram-se a um dos cercados e pouco depois reapareceram tocando um grupo de pessoas em estado lamentável: duas idosas, vestidas com saias de fibras, cada uma levando um bebê nos braços, cercadas por vários meninos de diferentes idades, minúsculos e aterrorizados. Quando viram os pais, alguns ensaiaram correr para eles, mas foram impedidos pelos guardas.

— O rei irá vendê-los, é seu dever. Vocês sabem o que acontece quando não trazem marfim — anunciou o Boca Real.

Kate Cold não pôde mais suportar a angústia; apesar de ter prometido a Alexander que não interviria, correu para o centro da pracinha e se plantou diante do estrado real, que ainda estava nos ombros dos carregadores. Ignorando o protocolo, que a mandava ajoelhar-se, acusou Kosongo aos gritos, recordando-lhe que eram jornalistas estrangeiros, que fariam o mundo saber dos crimes contra a humanidade cometidos naquela aldeia. Não pôde terminar, porque os soldados, armados de fuzis, a ergueram pelos braços. A velha escritora continuou com suas acusações enquanto era levada, as pernas debatendo-se no ar, em direção ao poço dos crocodilos.

O plano cuidadosamente engendrado por Nádia e Alexander desmoronou em questão de minutos. Haviam atribuído uma tarefa a cada membro do grupo, mas a destemperada intervenção de Kate espalhou o caos entre os amigos. Por sorte, os guardas, como o restante dos moradores de Ngoubé, também estavam confusos.

O pigmeu designado para disparar a ampola de anestésico contra o rei, que havia se mantido oculto entre as palhoças, não pôde esperar momento melhor para desempenhar sua missão. Perturbado pelas circunstâncias, levou a zarabatana à boca e soprou, mas a injeção, destinada a Kosongo, acertou o peito de um dos carregadores que sustentavam o estrado. O homem sentiu uma picada de abelha, mas não dispunha de mão livre para espantar o suposto inseto. Durante um momento se manteve em pé, mas de súbito seus joelhos se dobraram e ele caiu, inconsciente. Seus companheiros não estavam preparados, o estrado se inclinou e a poltrona francesa rolou para o chão. Kosongo deu um grito, tratou de equilibrar-se e por uma fração de segundo ficou suspenso no ar; em seguida, aterrissou, embaraçado pelo manto, com o chapéu quase desabando e um grito de raiva.

Angie Ninderera decidiu que chegara o momento de improvisar, já que o plano original estava arruinado. Com quatro largas passadas alcançou o local onde o rei estava caído; com dois fortes empurrões afastou os guardas que tentaram detê-la e, soltando um dos seus longos gritos de comanche, pegou o chapéu e o arrancou da cabeça real.

A ação de Angie foi tão inesperada e tão atrevida que as pessoas ficaram paralisadas, como em uma fotografia. A terra não tremeu quando os pés do rei se apoiaram nela. Seus gritos de raiva não deixaram ninguém surdo, pássaros não caíram mortos do céu, nem a floresta estertorou de agonia. Ao verem o rosto de Kosongo pela primeira vez as pessoas não ficaram cegas, apenas surpresas. Quando caíram o chapéu e a cortina de contas, todos puderam ver a cabeça inconfundível do comandante Maurice Mbembelé.

— Bem que Kate dizia que vocês se pareciam demais! — exclamou Angie.

Nesse momento, os soldados reagiram e correram a fim de isolar o comandante, mas ninguém se atreveu a tocá-lo. Até os homens que levavam Kate para a morte soltaram a escritora e voltaram correndo para o chefe, mas também não ousaram ajudá-lo.

Isso permitiu a Kate misturar-se às pessoas e falar com Nádia. Mbembelé conseguiu se desembaraçar do manto e com um salto se pôs de pé. Era a própria imagem da fúria. Estava coberto de suor, seus olhos saltavam das órbitas, espumava, rugia como uma fera. Levantou seu poderoso punho a fim de descarregá-lo sobre Angie, mas a aviadora já se achava fora de alcance.

Beyé-Dokou escolheu esse momento para avançar. Era necessário ter uma enorme coragem para desafiar o comandante em situação normal; fazer isso naquele momento, quando o homem estava indignado, era uma temeridade suicida. O pequeno caçador parecia insignificante diante do descomunal Mbembelé, que parecia se erguer como uma torre diante dele. Olhando-o de baixo para cima, o pigmeu convidou o gigante a enfrentá-lo em combate singular.

Um murmúrio de assombro percorreu a aldeia. Ninguém podia acreditar no que via e ouvia. As pessoas se deslocaram a fim de se agrupar atrás dos pigmeus, sem que os guardas, tão pasmos quanto o restante dos moradores da aldeia, ao menos se lembrassem de intervir.

Surpreso, Mbembelé vacilou, enquanto as palavras do escravo iam ao fundo de sua mente. Quando, por fim, compreendeu o tamanho do atrevimento que o desafio implicava, soltou uma gargalhada estrepitosa que ecoou durante vários segundos. Os Irmãos do Leopardo o imitaram, pois supunham ser isto o que o comandante esperava deles, mas o riso soou forçado. A situação havia adquirido uma feição demasiado grotesca, e eles não sabiam como agir. Era quase palpável a hostilidade das pessoas, e eles pressentiam que os guardas bantos estavam inquietos, prontos para se rebelar.

— Esvaziem a praça! — ordenou Mbembelé.

Ezenji, o duelo sem intervenção de terceiros, não era novidade para os habitantes de Ngoubé. Usavam-no para castigar prisioneiros, e era um dos divertimentos preferidos do comandante. A única diferença, nesse caso, era que Mbembelé não seria juiz, nem espectador, mas lutador desafiado. Claro, enfrentar um pigmeu não lhe causava a menor preocupação. Seu plano era esmagá-lo como um verme, mas só depois de fazê-lo sofrer um bocado.

Irmão Fernando, que se mantivera a certa distância, aproximou-se de Mbembelé, sentindo-se investido de uma nova autoridade. A notícia da morte dos companheiros havia reforçado sua fé e sua coragem. Não temia o homenzarrão, pois estava convencido de que cedo ou tarde os malvados pagam por suas faltas, e aquele chefe militar havia ultrapassado sua cota de crimes; tinha chegado a hora da prestação de contas.

— Eu serei o árbitro. Não poderão usar armas de fogo. Que armas escolhem? Lança, punhal ou facão? — perguntou o missionário.

— Nenhuma. Lutaremos sem armas, braço a braço — replicou o comandante, com uma careta feroz.

— Está bem — aceitou Beyé-Dokou, sem vacilar.

Alexander sabia que o amigo confiava na proteção do fóssil, ignorando que o amuleto só servia de escudo contra armas cortantes, não o salvaria da força do gigantesco militar, que poderia esquartejá-lo apenas com as mãos. Chamou à parte o missionário, para pedir que não aceitasse tais condições, mas irmão Fernando explicou que Deus defendia a causa dos justos.

— Desarmado, Beyé-Dokou não sairá com vida dessa luta! — exclamou o garoto. — O comandante é muito mais forte!

— O touro também é mais forte do que o toureiro — replicou o missionário. — O truque para vencer consiste em cansar a fera.

Alexander abriu a boca para protestar, mas imediatamente compreendeu o que irmão Fernando tentava explicar. Saiu apressado, a fim de preparar o amigo para a tremenda prova que iria enfrentar.

No outro extremo da aldeia, Nádia havia retirado a tranca e aberto a porta do cercado onde estavam presas as pigmeias. Dois caçadores, que não haviam se apresentado em Ngoubé com os demais, aproximaram-se e entregaram às mulheres as lanças que traziam. Elas deslizaram como fantasmas por entre as palhoças e tomaram posição em torno da praça, ocultas pelas sombras da noite, prontas para agir quando a hora chegasse. Nádia se aproximou de Alexander, que dava instruções a Beyé-Dokou, enquanto os soldados marcavam, no lugar habitual, o quadrilátero dentro do qual a luta se travaria.

— Não se preocupe com os fuzis, Jaguar — disse Nádia. — A única arma que não conseguimos inutilizar é a pistola na cintura de Mbembelé.

— E os guardas bantos?

— Não sabemos como reagirão — replicou ela. — Mas Kate teve uma ideia.

— Na sua opinião, devo dizer a Beyé-Dokou que o amuleto não pode protegê-lo de Mbembelé?

— Para quê? — respondeu Nádia. — Isso só serviria para enfraquecer a confiança dele.

Alexander notou que a voz da amiga soava meio rouca, não parecia totalmente humana, era quase um grasnido. Os olhos de Nádia pareciam vidrados, seu rosto estava muito pálido, sua respiração agitada.

— O que está acontecendo, Águia?

— Nada. Cuide-se bem, Jaguar. Tenho de ir.

— Aonde?

— Vou buscar ajuda contra o monstro de três cabeças, Jaguar.

— Lembra-se da profecia de Ma Bangesé? Não podemos nos separar!

Nádia o beijou de leve na testa e saiu correndo. Com a excitação que reinava na aldeia, ninguém, exceto Alexander, viu a águia branca que voou por cima das palhoças e tomou a direção da floresta.

Em um dos ângulos do quadrilátero, o comandante Mbembelé esperava o adversário. Estava descalço e vestia apenas a bermuda que usava embaixo do manto real. Sua pistola pendia do largo cinto de couro. Ele havia untado o corpo com óleo de coco. Seus prodigiosos músculos pareciam esculpidos em rocha e, à luz vacilante de uma centena de tochas, sua pele brilhava como vidro vulcânico.

As cicatrizes ritualísticas nos braços e nas faces acentuavam o que havia de extraordinário em sua aparência. Sobre o pescoço de touro, sua cabeça parecia pequena. As formas clássicas de seu rosto seriam belas se não fossem desfiguradas por uma expressão bestial.

Apesar do ódio que Mbembelé provocava, ninguém deixava de admirar seu físico fora do comum.

Em contraste, o homenzinho de pé no canto oposto da arena era apenas um anão, que não alcançava a cintura do gigantesco Mbembelé. Nada havia de atraente em sua figura desproporcionada e em seu rosto sem relevo, de testa estreita e nariz achatado. Nada, exceto a coragem e a inteligência que brilhavam em seus olhos.

Jogara fora a velha camisa amarela e, como o adversário, estava quase nu, o corpo coberto de óleo. Levava uma pedra pendente do pescoço: era o mágico excremento de dragão que Alexandre lhe emprestara.

— Um amigo meu, chamado Tensing, que conhece mais do que ninguém a arte da luta corporal, me disse uma vez que a força do adversário é também sua fraqueza — contou Alexander a Beyé-Dokou.

— Isso quer dizer o quê? — perguntou o pigmeu.

— A força de Mbembelé está no seu tamanho e no seu peso. Ele é como um búfalo, só músculos. Como pesa muito, não tem flexibilidade e logo se cansa. Além disto, é arrogante, não tem o hábito de ser desafiado. Há muitos anos não vê necessidade de caçar, nem de lutar. Você está em melhor forma do que ele.

— E tenho isto — acrescentou Beyé-Dokou, acariciando o amuleto.

— Mais importante do que isso, meu amigo, é o fato de você lutar pela sua própria vida e a de sua família — replicou Alexander. — Mbembelé luta por prazer. É um matador, e como todos os matadores, é um covarde.

Jena, a esposa de Beyé-Dokou, aproximou-se do marido, deu-lhe um breve abraço e disse-lhe algo ao ouvido. Neste instante os tambores anunciaram o início do combate.

Em torno do quadrilátero, iluminado pelo luar e pelas chamas das tochas, alinhavam-se, com seus fuzis, os soldados da Irmandade do Leopardo; atrás deles, os guardas bantos; e na terceira fila, os habitantes de Ngoubé, todos em perigoso estado de agitação. Por ordem de Kate, que não queria perder a oportunidade de escrever uma fantástica reportagem para sua revista, Joel González preparava-se para fotografar o evento.

Irmão Fernando limpou as lentes dos óculos e tirou a camisa. Seu corpo de asceta, muito magro, muito cheio de nervuras, era de uma brancura enfermiça. Só de calça e botas, preparava-se para arbitrar a luta, embora tivesse pouca esperança de que ali fossem respeitadas mesmo as mais elementares regras de qualquer esporte. Sabia que se tratava de uma luta mortal; sua esperança consistia em evitar que não se chegasse a tal extremo. Beijou o escapulário que levava no peito e encomendou a alma a Deus.

Mbembelé soltou um rugido visceral e avançou, fazendo o chão tremer com seus passos. Beyé-Dokou o esperou, imóvel, em silêncio, na mesma atitude alerta, mas calma, que costumava assumir durante as caçadas. Um punho de gigante avançou, rápido como uma bala de canhão, contra o rosto do pigmeu, que se esquivou por milímetros.

O comandante quase caiu de bruços, mas logo recuperou o equilíbrio. Quando lançou o segundo golpe, seu adversário já não estava diante dele, mas às suas costas. Voltou-se furioso e foi para cima do pigmeu como uma fera selvagem, mas nenhum de seus socos atingiu Beyé-Dokou, que dançava pelos limites da arena. Cada vez que o chefe militar partia para o ataque, o pigmeu se esquivava.

Por causa da estatura, Mbembelé tinha de dirigir seus socos sempre para baixo, postura incômoda, que roubava força de seus braços. Se houvesse acertado apenas um soco, teria partido a cabeça de Beyé-Dokou, mas não conseguia alcançá-lo, pois o outro era rápido como uma gazela e escorregadio como um peixe.

Logo o ccmandante começou a arquejar, os olhos cegos pelo suor que descia do crânio. Pensou que devia se poupar: não derrotaria o outro em apenas um round, como havia imaginado. Irmão Fernando ordenou uma pausa e o robusto Mbembelé imediatamente obedeceu. Voltou para o seu lugar, onde o esperava um balde de água para beber e lavar o suor que o empapava.

Alexander recebeu Beyé-Dokou no canto oposto do quadrilátero. O pigmeu sorria e ensaiava passinhos de dança, como se a luta fosse uma festa, o que serviu para aumentar a raiva do adversário, que, no outro extremo, tentava recuperar o fôlego. Beyé-Dokou não parecia ter sede, mas aceitou que despejassem um pouco de água em sua cabeça.

— Seu amuleto é muito mágico, o mais mágico que existe, depois de Ipemba-Afuá — disse com grande satisfação.

— Mbembelé é como o tronco de uma árvore, tem dificuldade para dobrar a cintura, por isso não pode socar para baixo — explicou Alexander. — Você está indo muito bem, Beyé-Dokou, mas precisa cansá-lo ainda mais.

— Sei disso. É tal qual o elefante. Como abater um elefante, sem primeiro cansá-lo?

Alexander considerou o intervalo excessivamente breve, mas Beyé-Dokou fingia dar mostras de impaciência; e assim que irmão Fernando fez sinal, correu para o centro da arena, saltitando, brincando como um garotinho. Para Mbembelé, aquela atitude era uma provocação que não podia ficar sem resposta. Esqueceu sua resolução de se poupar e arremeteu como um caminhão sem freios. Claro, não encontrou o pigmeu pela frente, e o impulso o levou para fora da arena.

Irmão Fernando gesticulou com firmeza, ordenando-lhe que retornasse aos limites marcados pela cal. Mbembelé voltou-se para ele, com a intenção de fazê-lo pagar pela ousadia de lhe dar uma ordem, mas sentiu-se paralisado pelos assobios de toda a população de Ngoubé. Não podia acreditar no que ouvia! Jamais, mesmo nos seus piores pesadelos, passara pela sua cabeça que alguém se atreveria a desafiá-lo.

Não teve tempo para pensar nos modos de castigar os insolentes, porque Beyé-Dokou o chamou de volta à arena, dando-lhe por trás um chute na perna. Era o primeiro contato entre os dois. O macaco tocara em seu corpo! Nele! No comandante Maurice Mbembelé! Jurou que o estraçalharia e em seguida o devoraria, a fim de dar uma lição aos pigmeus rebelados.

Qualquer pretensão de seguir as regras de um jogo limpo desapareceram naquele instante. Mbembelé perdeu por completo o controle. Com um empurrão, lançou irmão Fernando a vários metros de distância; em seguida, foi para cima de Beyé-Dokou, que subitamente se atirou no chão.

Encolhido, quase em posição fetal, apoiado apenas nas nádegas, o pigmeu se pôs a dar chutes rápidos nas pernas do gigante, deixando-o desarvorado. Em resposta aos pontapés, Mbembelé tentava golpear o adversário socando de cima para baixo, mas Beyé-Dokou girava como um pião, rodava apoiado nas costas e era impossível alcançá-lo.

O pigmeu calculou o momento em que Mbembelé se preparava para assestar-lhe uma patada feroz e golpeou a perna em que o adversário se equilibrava. A torre humana caiu para trás e ficou de costas como uma barata, sem conseguir se levantar.

A essa altura irmão Fernando já havia se recuperado do empurrão, limpara as lentes grossas dos óculos e estava de novo curvado sobre os lutadores. Em meio à tremenda gritaria dos espectadores, conseguiu se fazer ouvir, a fim de proclamar o vencedor. Alexander saltou para dentro da arena e levantou o braço de Beyé-Dokou, dando gritos de júbilo, respondidos em coro por todos os outros, menos os Irmãos do Leopardo, que ainda não tinham se refeito da surpresa.

Jamais os habitantes de Ngoubé haviam presenciado um espetáculo tão soberbo. De fato, poucos se lembravam dos motivos que haviam originado o duelo; estavam por demais excitados diante daquela história inconcebível: um pigmeu vencera um gigante. A partir daquele momento, a história passava a fazer parte da lenda da floresta, e seria incansavelmente narrada por gerações e gerações.

Como sempre acontece com a árvore caída, bastou um segundo para que todos se dispusessem a tirar uma lasquinha de Mbembelé, a quem minutos antes consideravam um semideus. A ocasião se prestava ao festejo. Os tambores começaram a soar com vivo entusiasmo e os bantos a cantar e dançar, sem pensar que acabavam de perder seus escravos e tinham agora um futuro incerto.

Os pigmeus deslizaram por entre as pernas dos guardas enquanto os soldados entravam na arena, erguiam Beyé-Dokou e o carregavam em triunfo. Em meio àquela explosão de alegria coletiva, o comandante Mbembelé conseguiu levantar-se, arrebatou o facão de um dos guardas e lançou-se contra o grupo que levava o vencedor em procissão. Instalado nos ombros dos outros, Beyé-Dokou tinha agora a mesma estatura de Mbembelé.

Ninguém viu claramente o que aconteceu em seguida. Uns disseram que o facão se desprendeu dos dedos suados e azeitados do comandante; outros juraram que o facão deteve-se como por mágica no ar, a um centímetro do pescoço de Beyé-Dokou, saindo voando, como se levado por um furacão. Fosse qual fosse a causa, o fato é que a multidão se imobilizou enquanto Mbembelé, preso de um terror supersticioso, arrebatava o facão de outro guarda e o lançava contra o pigmeu. Mas não pôde apontar com precisão, porque Joel González, que havia se aproximado dele, disparou sua câmera e o cegou com a luz do flash.

Então o comandante ordenou aos seus soldados que atirassem contra os pigmeus. A população se dispersou, gritando. As mulheres arrastavam os filhos, os velhos tropeçavam, os cachorros corriam, as galinhas cacarejavam. Ao final, permaneceram na praça apenas os pigmeus, os soldados e os guardas, que não se decidiam nem por um nem por outro grupo. Kate e Angie correram a fim de proteger os meninos pigmeus, que gritavam, amontoados como filhotes de cães ao redor das avós. Joel se refugiou embaixo da mesa onde estava a comida destinada ao banquete nupcial, e dali fotografava sem tempo de corrigir o foco da câmera. Alexander e irmão Fernando puseram-se de braços abertos diante dos pigmeus, protegendo-os com seus corpos.

É possível que alguns soldados tenham tentado atirar e descoberto, então, que suas armas não funcionavam. É possível que, enojados com a covardia do chefe, a quem até então respeitavam, tenham se negado a obedecê-lo. O fato é que nenhum tiro soou na praça, e um instante depois os dez soldados da Irmandade do Leopardo tinham pontas de lanças em suas gargantas: as discretas pigmeias haviam entrado em ação.

Cego de raiva, Mbembelé não percebeu nada disso. Notou apenas que suas ordens tinham sido ignoradas. Sacou a pistola, apontou para Beyé-Dokou e pôs o dedo no gatilho. Não chegou a saber que, desviada pelo mágico poder do amuleto, a bala deixara de atingir o alvo, pois antes de conseguir apertar o gatilho pela segunda vez, um animal desconhecido saltou em cima dele, um enorme gato negro, rápido e feroz como um leopardo, com olhos amarelos de pantera.

15
O MONSTRO DE TRÊS CABEÇAS

s que viram a transformação do jovem estrangeiro em um felino negro compreenderam que aquela era a noite mais fantástica de suas vidas. O idioma que falavam não tinha palavras suficientes para a narração de tantas maravilhas; não tinha sequer um nome para aquele animal nunca visto, um grande gato negro que se lançara rugindo sobre o comandante. O hálito ardente da fera alcançara Mbembelé em pleno rosto e suas garras tinham se cravado nos ombros do chefe militar.

Podia ter eliminado o felino com um tiro, mas o terror o havia paralisado, pois percebera que estava diante de um fato sobrenatural, um prodigioso ato de feitiçaria. Livrara-se do fatal abraço do jaguar golpeando-o com ambos os punhos e correra desesperado para a floresta, seguido pela fera. Ambos se haviam perdido na escuridão, para assombro dos que presenciaram a cena.

Tanto os pigmeus quanto os habitantes de Ngoubé sentiam-se mergulhados em uma realidade mágica, cercados de espíritos, sempre temerosos de violar uma crença ou cometer um sacrilégio capaz de desencadear forças ocultas. Todos ali acreditavam que as doenças são causadas pela feitiçaria e que, sendo assim, alcançam a cura pelo mesmo caminho; que não se deve sair à caça, ou empreender uma viagem, sem começar com uma cerimônia destinada a aplacar os deuses; que a noite é povoada de demônios e o dia, de fantasmas; que os mortos se transformam em seres carnívoros.

Para eles, o mundo físico era muito misterioso e a vida, um sortilégio. Tinham visto — ou acreditavam ter visto — muitas manifestações de feitiçaria, e por isso não consideravam impossível que uma pessoa se transformasse em fera. Para tanto, podia haver duas explicações: ou Alexander era um feiticeiro muito poderoso ou o espírito de um animal que tomava temporariamente a forma de um jovem.

A situação era bem diferente para irmão Fernando, que estava junto de Alexander quando este se encarnara em seu animal totêmico. O missionário, que se considerava um europeu racional, uma pessoa com educação e cultura, viu o ocorrido, mas sua mente não pôde aceitá-lo. Tirou os óculos e limpou as lentes na calça.

— Definitivamente, tenho de trocá-los — murmurou, esfregando os olhos.

O fato de Alexander ter desaparecido no mesmo instante em que o enorme gato saíra do nada podia ser atribuído a uma entre várias causas: era noite, na praça reinava uma espantosa confusão, a luz das tochas era incerta e ele próprio se achava em um estado emocional alterado.

Mas não tinha tempo para perder em conjecturas, concluiu. Havia muito a fazer. Os pigmeus — homens e mulheres — mantinham os soldados na ponta de suas lanças, imobilizados com as redes. Os guardas bantos vacilavam: largariam suas armas no chão, ou interviriam, a fim de ajudar os chefes? Os habitantes da aldeia estavam amotinados. Havia um clima de histeria, passível de degenerar em massacre, caso os guardas resolvessem ajudar os soldados de Mbembelé.

Alexander voltou minutos depois. Apenas a estranha expressão de seu rosto — os olhos estavam incandescentes, os lábios abertos deixavam os dentes à vista — indicava o que havia acontecido. Muito agitada, Kate foi ao seu encontro.

— Filho, você não vai acreditar no que acabou de acontecer aqui! Uma pantera negra pulou em cima de Mbembelé! Espero que o tenha devorado. É o mínimo que ele merece.

— Não era uma pantera, Kate, era um jaguar. E o animal não comeu o comandante, apenas lhe deu um bom susto.

— Como você sabe?

— Ora, Kate! Quantas vezes eu já disse a você que meu animal totêmico é o jaguar?

— Ai, lá vem você outra vez com a mesma obsessão, Alexander! Quando voltarmos à civilização, terá de consultar um psiquiatra. Onde está Nádia?

— Logo estará aqui.

Graças, em boa parte, ao irmão Fernando, a Kate e a Angie, na meia hora seguinte aos poucos foi definido o delicado equilíbrio de forças na aldeia. O missionário conseguiu convencer os soldados da Irmandade do Leopardo a se renderem, caso quisessem sair com vida de Ngoubé, já que suas armas não funcionavam, tinham perdido o comandante e estavam cercados por uma população hostil.

Enquanto irmão Fernando falava aos soldados, Kate e Angie foram à palhoça em busca de Nzê, e com a ajuda de alguns parentes o trouxeram em uma padiola improvisada. Embora ardesse em febre, o maltratado rapaz dispôs-se a colaborar quando sua mãe explicou a ele os acontecimentos do dia. Puseram-no em um lugar bem visível, do qual, em voz débil, ele discursou para os companheiros, incitando-os a se sublevarem.

Não havia nada a temer, dizia ele. Mbembelé não estava mais ali. Os guardas desejavam retomar uma vida normal junto de suas famílias, mas sentiam um temor atávico do comandante e estavam habituados a aceitar sua autoridade. Onde ele estava? Teria sido devorado pelo espectro do felino negro? Se ouvissem Nzê e Mbembelé regressasse, acabariam no poço dos crocodilos. Não acreditavam que a rainha Nana-Asantê estivesse viva e, mesmo que isto fosse verdade, seu poder não podia se comparar ao de Mbembelé.

Uma vez reunidos com suas famílias, os pigmeus consideraram que havia chegado o momento de voltar para a selva, de onde não pensavam sair novamente. Beyé-Dokou vestiu a camiseta amarela, tomou sua lança e apresentou-se ao jovem estrangeiro, a fim de devolver-lhe o fóssil graças ao qual, assim supunha, Mbembelé não fizera dele picadinho. Os outros caçadores também vieram se despedir, emocionados, certos de que não voltariam a ver aquele prodigioso amigo com espírito de leopardo.

Alexander os deteve. Ainda não podiam partir, disse a eles. Explicou que não estariam a salvo, mesmo que se internassem no mais profundo da floresta, ali onde nenhum outro ser humano seria capaz de sobreviver. Fugir não era a solução, pois cedo ou tarde seriam alcançados ou necessitariam fazer contato com o resto do mundo. Deviam acabar com a escravidão e voltar a ter relações cordiais com os habitantes de Ngoubé. Para isso, teriam de despojar Mbembelé de seu poder e afastá-lo para sempre da área, em companhia de seus soldados.

De sua parte, as mulheres de Kosongo, que desde os quatorze ou quinze anos tinham vivido aprisionadas no harém, aderiram ao motim, e pela primeira vez conheciam o sabor da juventude. Sem fazer o menor caso dos sérios assuntos que perturbavam o restante dos habitantes, elas organizaram seu próprio carnaval: tocavam tambores, cantavam e dançavam; enlouquecidas pela liberdade, tiravam os enfeites de ouro que levavam nos braços, pescoços e orelhas e os lançavam longe.

Assim estavam os habitantes da aldeia, cada grupo dedicado aos seus interesses, mas todos ainda na praça, quando Sombê, o feiticeiro, fez uma aparição espetacular. Fora chamado pelas forças ocultas, a fim de castigar, impor a ordem e reinstalar o terror.

Uma chuva de fagulhas, como se fossem fogos de artifício, anunciou a chegada do poderoso feiticeiro. Um grito coletivo recebeu a temida aparição. Fazia muitos meses que Sombê não se materializava, e alguns alimentavam a esperança de que houvesse partido, em definitivo, para o mundo dos demônios. Mas ali estava ele, o mensageiro do inferno, mais impressionante e furioso do que nunca. Horrorizadas, as pessoas recuaram, e ele ocupou o centro da praça.

A fama de Sombê ultrapassara a região, conquistara aldeia após aldeia, e diziam que já dominava boa parte da África. Afirmavam que ele era capaz de matar com o pensamento, curar com um sopro, adivinhar o futuro, controlar a natureza, alterar os sonhos, mergulhar os mortais em um sono sem retorno e se comunicar com os deuses.

Proclamavam também que era invencível e imortal, capaz de se transformar em qualquer criatura da água, do céu ou da terra, e que se introduzia no corpo de seus inimigos, devorava-os por dentro, bebia seu sangue, moía-lhes os ossos até transformá-los em pó, e quando só lhes restava a pele, recheava seus corpos com cinzas. Era assim que fabricava zumbis

— mortos-vivos —, cujo destino horrível consistia em lhe servirem de escravos.

O feiticeiro era um sujeito gigantesco e sua estatura parecia dobrar, por causa do incrível aparato que levava. Cobria a cabeça com uma máscara em forma de leopardo, sobre a qual se equilibrava, como um chapéu, um crânio de búfalo, com dois grandes chifres, coroado por sua vez com um penacho feito de ramos, como se uma árvore lhe brotasse da cabeça. Braços e pernas estavam cobertos de adornos feitos de dentes e garras de feras; do pescoço pendiam colares de dedos humanos, e da cintura uma série de amuletos, além de cabaças cheias de poções mágicas. Cobria o corpo com tiras de pele de diversos animais, todas endurecidas pelo sangue seco.

Sombê chegou com a atitude de um diabo vingador, decidido a impor seu próprio estilo de injustiça. Os bantos, os pigmeus e até os soldados de Mbembelé se renderam, sem dar o mínimo sinal de resistência. Encolheram-se, como se quisessem desaparecer, todos dispostos a fazer aquilo que Sombê mandasse. Imobilizados pelo assombro, os estrangeiros viram como a aparição do bruxo punha abaixo a frágil harmonia que começara a ser alcançada em Ngoubé.

Agachado como um gorila, apoiando-se nas mãos, o feiticeiro pôs-se a rugir e a girar com rapidez cada vez maior. De repente parava, assinalava alguém com o dedo e a pessoa caía no chão, em transe profundo, estremecendo horrivelmente, como um epiléptico. Outros ficavam rígidos, como estátuas de granito; outros, ainda, punham-se a sangrar pelo nariz, a boca e os ouvidos.

Sombê voltava à sua rotina de dar voltas como um pião, deter-se e fulminar alguém com o poder de um gesto. Em poucos minutos havia uma dúzia de homens e mulheres se revolvendo no chão, enquanto outras pessoas guinchavam de joelhos, comiam terra, pediam perdão e juravam obediência.

Um vento inexplicável passou como um tufão pela aldeia e, com seu sopro, levou o telhado das palhoças, o que havia sobre a mesa do banquete, os tambores, os arcos de ramos de palmeira, a metade das galinhas. A noite se iluminou com uma tempestade de raios e da floresta chegou um horrível coro de lamentos. Como se fosse uma peste, centenas de ratos espalharam-se pela praça e em seguida desapareceram, deixando no ar uma fedentina mortal.

De repente Sombê pulou em cima de uma das fogueiras, na qual haviam assado carne para o jantar, e começou a dançar entre as brasas vermelhas, tomando-as em seguida com as mãos desnudas, a fim de lançá-las contra a multidão perplexa. Do meio das chamas e da fumaça surgiram centenas de figuras demoníacas, os exércitos do mal, que passaram a acompanhar o feiticeiro em sua sinistra dança. Da cabeça de leopardo, coroada de chifres, emergiu um vozeirão cavernoso, gritando os nomes do rei deposto e do comandante vencido, o que levou as pessoas, histéricas e hipnotizadas, a repetir muitas vezes em coro: Kosongo, Mbembelé, Kosongo, Mbembelé, Kosongo, Mbembelé.

E então, quando o feiticeiro já tinha inteiramente sob seu domínio a população da aldeia e deixava triunfante a fogueira, com as chamas lambendo-lhe as pernas sem queimá-lo, uma grande ave branca apareceu, vinda do sul, e se pôs a voar em círculos sobre a praça. Alexander deu um grito de alívio ao reconhecer Nádia.

Pelos quatro pontos cardeais entraram em Ngoubé as forças convocadas pela Águia. O desfile era aberto pelos gorilas da floresta, negros e magníficos, os machos na frente, seguidos pelas fêmeas com suas crias. Depois vinha a rainha Nana-Asantê, soberba em sua quase nudez e seus escassos farrapos, os cabelos eriçados, formando uma espécie de halo de prata; montava um elefante tão idoso quanto ela, marcado por cicatrizes produzidas pelas lanças.

A rainha era acompanhada por Tensing, o lama do Himalaia, que atendera ao chamado de Nádia em seu corpo astral, trazendo seu bando de amedrontadores *yetis*, com seus aparatos de guerra. Também surgiram na praça o xamã Walimai e o delicado espírito de sua esposa, à frente de treze mitológicas e prodigiosas feras da Amazônia. O índio voltara à juventude e se apresentava como um guerreiro enfeitado com pinturas e adornos feitos de penas.

Por fim, entrou na aldeia a vasta e luminosa multidão da floresta: os antepassados e os espíritos de animais e de plantas, milhares e milhares de almas, que iluminavam o lugar como se fossem um sol de meio-dia e refrescavam o ar com uma brisa fria e límpida.

Envolvidos por essa luz fantástica, desapareceram os malignos exércitos de demônios e o feiticeiro se reduziu à sua verdadeira dimensão. Seus andrajos de peles ensanguentadas, seus colares de dedos, seus amuletos deixaram de atemorizar e passaram a ser vistos apenas como partes de um disfarce ridículo. O grande elefante montado pela rainha fez voar, com uma trombada, a máscara de leopardo e seus chifres de búfalo, expondo assim o rosto do feiticeiro. Então todos puderam ver que Kosongo, Mbembelé e Sombê eram o mesmo homem, as três cabeças do mesmo "monstro".

A reação das pessoas foi tão inesperada como tudo o mais que sucedeu naquela estranha noite. Um comprido e roufenho grito de fúria saiu da multidão. Os que sangravam, os que se debatiam, os que haviam se transformado em estátuas levantaram-se e juntaram-se à massa humana, e todos avançaram com determinação aterradora contra o homem que durante muito tempo os havia tiranizado.

Kosongo-Mbembelé-Sombê recuou, mas em menos de um minuto estava completamente cercado. Foi agarrado por dezenas de mãos, que o levantaram e o levaram numa marcha mortal até o poço dos suplícios. Um grito espantoso agitou a floresta quando o pesado corpo do monstro de três cabeças caiu nas bocarras dos crocodilos.

Para Alexander foi muito difícil recordar, em detalhes, os acontecimentos daquela noite; não podia descrevê-los com a mesma facilidade que tivera em relação às suas aventuras anteriores. Teria sido um sonho? Teria sido presa da histeria coletiva dos demais? Ou, de fato, tinha visto com seus próprios olhos os seres convocados por Nádia? Não tinha resposta para essas perguntas. Mais tarde, quanto tentou confrontar com Nádia sua versão dos fatos, ela apenas o escutou em silêncio, beijou-o de leve no rosto e disse que cada um tem a sua verdade, e todas são válidas.

As palavras de Nádia mostraram-se proféticas, pois, quando quis averiguar junto a outros integrantes do grupo o que havia sucedido, cada um contou uma história diferente.

Irmão Fernando, por exemplo, lembrava-se apenas dos gorilas e do elefante montado pela velha rainha. Kate Cold guardava a impressão de ter visto o ar cheio de seres fulgurantes, entre os quais reconhecera o lama Tensing, embora isto fosse impossível. Antes de dar alguma opinião, Joel González resolvera esperar pela revelação dos seus rolos de filme: o que não aparecesse nas fotografias não havia acontecido. Os pigmeus e os bantos descreveram mais ou menos o que Alexander vira, da dança do feiticeiro entre as chamas até o voo dos antepassados em torno de Nana-Asantê.

Angie Ninderera captou muito mais que Alexander: viu anjos de asas translúcidas e bandos de pássaros multicoloridos, ouviu músicas de tambor, sentiu o perfume de uma chuva de rosas e foi testemunha de vários outros milagres. Foi assim que ela contou os fatos a Michael Mushaha, quando este chegou, no dia seguinte, para levá-los em uma lancha a motor.

Uma das mensagens que Angie mandara pelo rádio fora captada em seu acampamento, e imediatamente Michael se pusera em ação, a fim de encontrar o grupo. Não pudera, no entanto, encontrar um piloto com coragem bastante para voar até a floresta pantanosa onde seus amigos haviam se perdido. Tivera de tomar um avião de carreira até a capital do país, alugar uma lancha e subir o rio para buscá-los, guiado apenas pelo instinto. Fora acompanhado por um funcionário do governo federal e quatro policiais, cuja missão era investigar o contrabando de marfim, escravos e diamantes.

Em poucas horas Nana-Asantê pôs ordem na aldeia, sem que ninguém lhe contestasse a autoridade. Começou por reconciliar a população banta com os pigmeus, lembrando-lhes a importância da colaboração entre os dois grupos. Os primeiros necessitavam da carne trazida pelos caçadores, e os segundos não podiam viver sem os produtos que conseguiam em Ngoubé. O objetivo de Nana-Asantê era obrigar os bantos a respeitarem os pigmeus; e, de outra parte, conseguir que os pigmeus perdoassem os maus-tratos infligidos pelos bantos.

— Como fará para ensiná-los a viver em paz? — perguntou Kate à idosa rainha.

— Começarei pelas mulheres, porque levam muita bondade dentro de si — replicou ela.

Chegou finalmente a hora de partir. Os amigos estavam exaustos, pois haviam dormido pouquíssimo e, com exceção de Nádia e Borobá, tinham problemas de estômago. Além do mais, nas últimas horas Joel González fora picado da cabeça aos pés pelos mosquitos, inchara o corpo, tivera febre, e de tanto se coçar ficara em carne viva. Discretamente, para não parecer que se gabava, Beyé-Dokou ofereceu-lhe um pouco do pó do amuleto sagrado. Em menos de duas horas o fotógrafo voltou à normalidade. Muito impressionado, Joel pediu-lhe mais um pouquinho, a fim de curar seu amigo Timothy Bruce da mordida do mandril, mas Mushaha informou que o colega já estava completamente curado, esperando o restante da equipe em Nairóbi. Os pigmeus usaram o mesmo prodigioso pó para curar Adrien e Nzê, que começaram a melhorar de suas feridas a olhos vistos.

Ao comprovar os poderes do misterioso produto, Alexander ousou pedir um pouco dele para dar à sua mãe. Segundo os médicos, Lisa Cold havia derrotado o câncer por completo, mas seu filho supôs que alguns gramas do maravilhoso pó verde de Ipemba-Afuá poderiam lhe garantir uma vida longa.

Angie Ninderera resolveu livrar-se do medo dos crocodilos, negociando com eles. Curvou-se por cima da cerca que isolava o poço e, por intermédio de Nádia, propôs um acordo aos grandes lagartos. Nádia traduziu como pôde, pois eram mínimos seus conhecimentos da linguagem dos sáurios. Angie explicou que, se quisesse, poderia matá-los a tiros, mas, em vez disto, mandaria levá-los ao rio, onde seriam deixados em liberdade. Em troca, exigiria respeito pela sua vida.

Nádia não tinha certeza de que eles houvessem compreendido, ou que cumprissem a palavra, ou que fossem capazes de estender o acordo ao restante dos crocodilos africanos. Mas preferiu dizer a Angie que a partir daquele momento não tinha mais nada a temer. Não morreria devorada por sáurios; com um pouco de sorte, assegurou, morreria em um acidente de avião, conforme desejava.

As esposas de Kosongo, agora alegres viúvas, quiseram dar seus adornos de ouro a Angie, mas irmão Fernando interveio. Pôs uma toalha no chão e obrigou todas as mulheres a depositarem nela suas joias. Em seguida, atou as quatro pontas da toalha e a arrastou até o lugar onde estava a rainha Nana-Asantê.

— Este ouro e duas presas de elefante é tudo que temos em Ngoubé — disse o missionário. — A senhora saberá o que fazer deste capital.

— O que Kosongo me deu me pertence! — exclamou Angie, aferrada aos seus braceletes.

Irmão Fernando fulminou-a com um de seus olhares apocalípticos e estendeu as mãos. Contrariada, Angie tirou as joias e as entregou. Além disto, teve de prometer que lhe deixaria o rádio do avião, para que as pessoas do lugar pudessem se comunicar com ela, e que pelo menos a cada duas semanas voaria até Ngoubé, por sua conta, a fim de prover a aldeia de coisas essenciais. No início teria de lançar os pacotes do próprio avião, até que pudessem desmatar um pedaço da floresta para construir uma pista de aterrissagem. Coisa que, tendo em vista as condições do terreno, não prometia ser fácil.

Nana-Asantê permitiu que irmão Fernando ficasse em Ngoubé e fundasse sua missão e sua escola, desde que chegassem a um acordo ideológico. Já que as pessoas teriam de aprender a viver em paz, as divindades deveriam fazer o mesmo. Não havia razão para que os diversos deuses e espíritos não dividissem o mesmo espaço no coração humano.

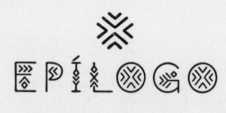

DOIS ANOS MAIS TARDE

Alexander Cold apresentou-se no apartamento de sua avó, em Nova York, com uma garrafa de vodca para ela e um buquê de tulipas para Nádia. A amiga dissera-lhe que em sua cerimônia de graduação, ao contrário das colegas, não levaria flor na mão, nem no decote. Achava aqueles buquês horríveis.

Soprava uma brisa leve, que aliviava o calor de maio em Nova York, mas mesmo assim as tulipas estavam murchando. Alexander pensou que nunca se acostumaria ao clima daquela cidade, e comemorava não ter de se esforçar para isso. Continuaria na Califórnia, e, se seus planos dessem certo, se formaria em medicina pela Universidade de Berkeley.

Nádia o acusava de comodismo. Zombava dele: "Não sei como você pode pensar em fazer medicina nos lugares mais pobres da Terra se não pode viver sem a prancha de surfe e as massas italianas da mamãe." Alexander passara meses tentando convencê-la das vantagens de estudar na mesma universidade que ele, e ela afinal aceitara sua sugestão. Em setembro

Nádia estaria na Califórnia e ele não teria mais de atravessar o continente para vê-la.

Nádia abriu a porta e ele ficou com as tulipas murchas na mão e as orelhas vermelhas, sem saber o que dizer. Fazia seis meses que não se viam, e a jovem que apareceu à porta era uma desconhecida. Passou-lhe pela mente que batera na porta errada, mas as dúvidas se dissiparam quando Borobá saltou em cima dele, a fim de saudá-lo com mordiscadas e efusivos abraços. Do fundo do apartamento veio a voz da avó chamando seu nome.

— Sou eu, Kate! — respondeu ele, ainda perturbado.

Então Nádia sorriu e imediatamente voltou a ser a garota de sempre, aquela que tanto conhecia e amava, a selvagem e dourada Nádia. Abraçaram-se, as tulipas caíram no chão; ele a tomou pela cintura e a ergueu com um grito de alegria, enquanto com a outra mão tentava se livrar do macaco. Nesse momento Kate Cold apareceu, arrastando os pés, arrebatou a garrafa de vodca que ele sustentava precariamente e fechou a porta com um chute.

— Vê como a Nádia está horrível? — perguntou Kate. — Mais parece a mulher de um mafioso!

Alexander riu.

— Diga o que realmente está pensando, vovó.

— Não me chame de vovó! Comprou o vestido pelas minhas costas, sem me consultar! — queixou-se a escritora.

— Não sabia que se interessava tanto por moda, Kate — disse Alexander, olhando para a calça deformada e a velha camiseta com imagens de papagaios usadas pela avó.

Nádia calçava sapatos de saltos altos e estava enfronhada em um vestido curto e reto, de cetim negro e sem brilho. Diga-se em seu favor que não se deixou afetar nem um pouco pela opinião de Kate. Deu uma rodada completa para que Alexander pudesse admirá-la. Era muito diferente da garota de bermuda, enfeitada com penas, que ele ainda não havia esquecido. Teria de se habituar à mudança, pensou, embora esperasse que a Nádia atual não se repetisse muitas vezes; gostava muito de sua antiga Águia. Não sabia o que fazer diante da nova versão da amiga.

— Prepare-se para o desprazer de ir à cerimônia de graduação ao lado deste espantalho, Alexander — disse a avó, apontando Nádia. — Venha cá, quero mostrar uma coisa.

Levou os dois ao pequenino e empoeirado escritório, abarrotado de livros e documentos, onde escrevia. As paredes estavam cobertas de fotografias que a escritora havia reunido nos últimos anos. Alexander reconheceu os indígenas da Amazônia posando para a Fundação Diamante, Dil Bahadur, Pema e seu bebê no Reino do Dragão de Ouro, irmão Fernando na missão de Ngoubé, Angie Ninderera com Michael Mushaha em cima de um elefante e vários outros personagens.

Kate havia destacado uma capa da *International Geographic*, com a qual a revista ganhara um importante prêmio em 2002. A fotografia, tirada por Joel González em um mercado da África, mostrava Alexander, Nádia e Borobá enfrentando um irado avestruz.

— Veja, filho, os três livros já estão publicados — disse Kate. — Quando li suas notas, compreendi que você nunca será um escritor, não tem olho para os detalhes. Talvez isso não seja obstáculo à medicina, o mundo está cheio de médicos sem vocação. Mas para a literatura é fatal.

— Não tenho olho e não tenho paciência, Kate. Por isso lhe mandei minhas notas. Você podia escrever os livros muito melhor do que eu.

— Sou capaz de fazer quase tudo melhor que você — replicou ela, rindo e bagunçando os cabelos do neto.

Nádia e Alexander examinaram os livros com uma estranha tristeza, pois neles se narrava tudo que lhes acontecera em três maravilhosos anos de viagens e aventuras. Talvez no futuro não houvesse nada comparável ao que haviam vivido, nada tão intenso nem tão mágico. Mas não deixava de ser um consolo saber que naquelas páginas estavam preservados os personagens, as histórias e as lições que haviam aprendido. Graças à escrita de Kate, jamais as esqueceriam. As memórias da Águia e do Jaguar estavam ali, na Cidade das Feras, no Reino do Dragão de Ouro e na Floresta dos Pigmeus.

DA AUTORA

Afrodite: Contos, Receitas e Outros Afrodisíacos
O amante japonês
Amor
O caderno de Maya
Cartas a Paula
A casa dos espíritos
Contos de Eva Luna
De amor e de sombra
Eva Luna
Filha da fortuna
A ilha sob o mar
Inés da minha alma
O jogo de ripper
Longa pétala de mar
Meu país inventado
Muito além do inverno
Mulheres de minha alma
Paula
O plano infinito
Retrato em sépia
A soma dos dias
Zorro

AS AVENTURAS DA ÁGUIA E DO JAGUAR
A cidade das feras (Vol. 1)
O reino do dragão de ouro (Vol. 2)
A floresta dos pigmeus (Vol. 3)

Esta edição foi composta em
Century Gothic, Norwolk e Palatino Linotype,
e impresso em papel offwhite no Sistema Cameron da
Divisão Gráfica da Distribuidora Record.